Bibliothèque de « L'Eleveur »

Encyclopédie des Races de Chiens

PUBLIÉE
sous la direction de M. PAUL MÉGNIN
Directeur du journal L'Eleveur

III

Le Griffon à poil dur

SON HISTORIQUE — SON STANDARD — SA TOILETTE
LE GRIFFON SUR LE CONTINENT
LES CLUBS SPÉCIAUX — RÈGLEMENTS D'ÉPREUVES

JOURNAL *L'ELEVEUR*
4, RUE ROBERT-ESTIENNE, 4
PARIS
— 1911 —

LE CLUB DU GRIFFON A POIL DUR
À SON PRÉSIDENT
M. PRUDHOMMEAUX

LE

GRIFFON A POIL DUR

DEUX MOTS DE SON HISTOIRE

par

G.-F. LELIMAN

PARIS

1910

A l'ami de Gingins, à l'infatigable lutteur, à l'homme de science et de cœur, au diplomate avisé, cet opuscule est dédié.

L'Editeur,

PAUL MÉGNIN.

« Honneur au Club Français du Griffon à « poil dur pour avoir été le premier en France « à s'occuper d'une seule race d'arrêt continentale; « il récolte aujourd'hui le fruit de sa peine, et il « eut été injuste de ne l'en pas féliciter. »

G.-F. LELIMAN,

G. S. B. IX, p. 107.

LE

GRIFFON A POIL DUR

Le Griffon d'arrêt, aujourd'hui connu avantageusement sur tout le continent, y forme plusieurs groupes ou familles qui présentent, sous l'influence du climat, de la nourriture, du mode de chasse et du pays, quelques différences, mais qui sont unis par leur robe dont le poil est dur. Depuis des siècles ils ont servi à la chasse en plaine, comme au bois, mais surtout à la chasse au marais ou leur poil de couverture dur avec un sous-poil fin et laineux leur permet un travail de plus de durée que les races à poil long ou à poil ras, qui sont dépourvues de ce duvet protecteur contre le froid et l'humidité.

A part les familles peu connues, comme celles de la Syrie, des principautés du Danube, etc., trois grands groupes se sont formés. Ce sont le Spinone, de l'Italie, qui semble bien être parmi les plus anciens. Le Griffon à poil dur, qu'on trouve un peu partout, et enfin le Stichelhaar, le poil dur, spécialité de l'Allemagne.

Le nom de " Griffon " apparaît vers la fin du XVIe siècle. On le trouve cité par le roi Henri IV, de France, dans une lettre au connétable de Montmorency, en date du 12 avril 1596.

Dans le livre de Charles d'Arcussia : " La Conférence des Fauconniers ", paru en 1598, cet auteur nous dit que les griffons et les braques ne valent pas grand'chose pour le vol de la perdrix.

Mais ce n'est qu'un siècle plus tard que J.-E. de Sélincourt, dans son livre : " Le parfait Chasseur ",

1683, nous donne de plus intéressants détails sur le griffon. On trouve dans son livre une classification des différentes races de chiens de chasse ; les chiens d'arrêt y sont réunis sous le titre de " Chiens d'Arquebuse ", c'est-à-dire " chiens de tir ", pour les distinguer des chiens courants et des chiens couchants, ces derniers servant plutôt pour la chasse au filet.

Sélincourt divise ces chiens d'arquebuse en trois espèces : les braques, les épagneuls et les griffons, et nous raconte que de son temps, les griffons étaient employés et comme chiens courants et comme chiens d'arrêt. Une seconde particularité de la race, c'est que selon cet auteur, les meilleurs griffons venaient de l'Italie et du Piémont ; sans doute il existe une vieille relation de race entre les Spinones et les Griffons.

Les Griffons courants dont on se sert encore aujourd'hui sont plus anciens que les Griffons d'arrêt, et il se pourrait bien que les derniers soient très apparentés aux premiers. Deux branches d'un même arbre, qui se sont séparées quand la chasse au fusil commença à se faire jour et que le plomb de chasse fut inventé, ce qui a eu lieu vers la fin du XVIe siècle.

Plusieurs groupes de Griffons ont été connus en France. Citons : dans le Nord, le Griffon Picard dont on connaît deux qualités de poil distinctes, le poil dur et le poil long. Le Griffon des dunes à poil long, soyeux, mais qui semble être éteint ; le Griffon dit Boulet à poil long ; le Griffon Corse, le Griffon dit Guerlain, le Griffon Korthals.

De tous ces groupes, deux formes se sont maintenues, les griffons à poil dur et ceux à poil long, et une famille, les poil dur, a pris le haut du pavé.

La famille à poil long a trouvé en M. Boulet, d'Elbeuf, un zélé et éclairé amateur, grand éleveur en même temps. Sous son patronage, plein de dévouement, les poils longs ont prospéré et le griffon Boulet est, surtout au marais, un bon chien de chasse. Il a trouvé des amateurs qui se sont réunis en club, on a fixé leur standard de points, on organisa pour eux des épreuves de chasse pratique, et on les voit régulièrement se présenter aux expositions.

L'autre groupe, celui du poil dur, est plus ancien et plus étendu ; son élevage s'étend sur tout le continent et a trouvé en France, dès 1847, un protecteur et ami dans M. le marquis de Cherville. L'élevage du Griffon à poil dur, commencé par M. de Cherville, a été continué par M. Guerlain, qui nous a donné d'intéressants détails (1) sur leur histoire depuis 1865. Dans le système d'élevage de M. Guerlain, il a cru utile de croiser le griffon avec le pointer et le griffon Guerlain a tourné casaque depuis, changeant sa robe gris-brune pour celle blanc orange.

En Italie, on trouve la famille des " Spinone ", et il est curieux de constater que les vieux auteurs français nous racontent que les meilleurs griffons viennent de ce pays.

On trouve en Italie différents groupes de Spinone, le Cane di pelo duro (le poil dur), le Cane griffone (le poil long). Ce dernier serait le produit d'un croisement entre le vieux Spinone à poil dur (Spinone italiano) et les Griffons français à poil long, introduits en Italie après la paix de Vienne en 1809.

Toutes ces familles se sont entrecroisées un peu ; on en trouve de toutes les couleurs et d'une grande variété de poil ; dans tous les cas ils se sont répandus

---

(1) Voyez *l'Eleveur* 1er novembre 1908, p. 632.

du Nord de l'Italie vers l'Istrie, la Dalmatie et dans les pays du Danube où on les connaît sous le nom " d'Istrianer ".

Sans aucun doute la famille la plus universellement connue, c'est aujourd'hui le griffon Korthals.

Eduard Karel Korthals, né à Amsterdam le 16 novembre 1850, commençait vers 1870, en Hollande, l'élevage du chien d'arrêt à poil dur.

Il demeurait près de Harlem, tout à côté des dunes très giboyeuses, et proche des polders et des marais. Chasseur de race et toujours chassant dans de très différents terrains, il apprit bientôt que pour avoir le succès désiré, il fallait des chiens capables de se plier aux différents genres de chasse et bons sur tout gibier, et qui, de plus, devraient être pourvus, surtout pour la chasse aux marais, d'un poil et d'une robe imperméables.

Korthals a évidemment découvert à cette époque, dans les " barbes sales " du pays, le " Smousbaard hollandais ", des qualités assez sérieuses pour essayer de les développer, pour moi, sans aucun doute, le fin sous-poil sous le poil de couverture l'a frappé tout d'abord, comme également la faculté du Smousbaard, d'aller à l'eau par n'importe quelle température.

En jeune zélateur il a, aidé de ses compagnons de chasse, acheté partout des chiens dont la qualité de robe lui plût. Mouche et Banco remplissaient sous ce rapport ce qu'il cherchait, et ont été deux de ses sept élus.

Continuant ses premiers essais d'élevage, il a débuté en 1875 à l'exposition canine d'Utrecht, en Hollande, et nous fit voir ses premiers griffons. Deux ans plus tard, à Amsterdam, en 1877, il expose trois de ses chiens : Banco, Satan et Tom, dont les deux premiers sont devenus les chiens de souche de son élevage, et comptent parmi les sept fameux patriarches dont il a su former la famille du Griffon-Korthals.

A propos de ces patriarches, quelques mots : A la réunion générale du Griffon-Club, Mayence, 14 février 1891, sur la proposition de Korthals lui-même, l'assemblée a pris la décision suivante :

« Considérant l'abus qui s'est fait dans ces derniers « temps de la dénomination " Griffon-Korthals ", « pour des animaux d'origines diverses, le Griffon-« Club décide de rappeler à MM. les membres, que « seuls les produits dont le pedigree est tracé *des « deux côtés* jusqu'aux *sept* fondateurs de la race : « Janus, Hector, Mouche, Junon, Banco, Satan et « Donna, employés à l'origine comme reproducteurs « par M. Korthals, pour la régénération du Griffon à « poil dur, ont droit à porter le nom de Griffon-Kor-« thals. Les griffons à poil dur dont le pedigree ne « se termine pas *en tout sens* par les sept noms ci-« dessus, ne doivent donc pas être désignés comme « Griffons-Korthals pur sang, quelque puisse être « d'ailleurs le plus ou moins de mérite de leur ascen-« dance. »

Dans le livre d'origine du Griffon-Club, le G. S. B., livre qui déjà en 1894 fut reconnu officiellement par la France, la Belgique, la Hollande, la Suisse, la Suède, la Finlande, et plus tard par l'Allemagne, Korthals a inscrit ces sept chiens patriarches avec l'épithéte : " Origine inconnue. " En faisant cela il a voulu partir d'un point de départ fixe, net, sans discussions. En 1889, date où le premier volume du G. S. B. fit son apparition, mon compatriote avait douze années de sérieuse lutte et d'expérience derrière lui. Il n'a pas cherché à expliquer l'origine de ces sept chiens, dont probablement il ne savait lui-même le pedigree, car en 1870, quand il commença, on ne trouvait sur tout le continent d'Europe point de livres d'origine, et en Hollande, à cette époque, il n'y avait ni clubs canins, ni pedigrees, ni journaux de sport, et la kynologie était encore au berceau.

Il a donc déclaré les sept chiens " patriarches ", tous d'origine inconnue, et commença son élevage avec des chiens qui avaient le poil dur et le sous-poil, et il en a su faire une famille typique qui, comme chiens de chasse, à plusieurs usages, vaut n'importe quelle autre famille et qui a sa grande spécialité : " le poil dur et le sous-poil. "

Comment Korthals a-t-il fait ? Comment a-t-il pu avec succès parvenir à régénérer le griffon ?

Parti de la Hollande en 1877, il s'est fixé en Allemagne et trouva dans le prince Albrecht de Solms-Braunfels, un ami. Quelques années, il devint directeur du chenil la " Wolfsmühle " appartenant à ce prince de Solms, qu'on nomme aujourd'hui encore " le père de la cynologie allemande ". Comme le prince exposait dès 1873, en Hollande, ses superbes produits de la " Wolfsmühle ", tant chiens de chasse que chiens de luxe, lui et Korthals, ces deux grands amis du chien, s'étaient liés d'amitié, ils se " convenaient ", et quand le prince offrit à Korthals la direction du plus important chenil d'Allemagne, celui-ci accepta des deux mains.

C'est là que Korthals a beaucoup appris, beaucoup vu, beaucoup retenu ; il avait à Braunfels son propre chenil de Griffons, et stipula qu'il serait libre de continuer leur élevage, il résidait au château du prince et dirigeait la " Wolfsmühle " à titre d'ami sans recevoir aucune rémunération, car Korthals a toujours voulu rester libre et indépendant.

En 1881, le prince de Solms loue la belle chasse de Biebesheim (Hesse), y acheta une maison et la loua à Korthals, c'est là que le " maître de Biebesheim " travailla jusqu'à sa mort (4 juillet 1896) à l'œuvre de sa vie entière, la régénération du griffon d'arrêt à poil dur.

Dans sa vie d'éleveur et surtout quand les griffons Korthals eurent du succès et firent parler d'eux aux épreuves de chasse comme aux expositions, on a beaucoup cherché à " débiner " ses produits et un des moyens était d'affirmer qu'il obtenait ses succès par l'infusion de sang de pointer, introduit constamment dans son élevage. Voici comment il a répondu dans le journal allemand, *le Deutsche Jägerzeitung*, vol. 12 n° 12, à ces attaques :

Biebesheim, 12 mars 1888.

Monsieur le Rédacteur,

En réponse à plusieurs lettres contenues dans différents journaux et dont les honorables auteurs expriment le doute que mes chiens griffons à poil dur ne soient pas de pur sang, mais fabriqués au moyen de certains mélanges, je crois déclarer à nouveau que j'ai toujours eu soin de conserver la race en état de parfaite pureté, et qu'en élevant seulement des chiens griffons d'arrêt, je n'y ai **jamais** introduit du sang d'aucune autre race. J'ose espérer, M. le Rédacteur, que cette communication suffira pour faire disparaître le doute qui semble exister sur la pureté de mes chiens griffons d'arrêt à poil dur ; le progrès de cette race s'étant fait par sélection, éducation et méthode d'élevage.

Veuillez recevoir, Monsieur le Rédacteur, l'assurance de ma parfaite considération.

E. K. Korthals.

Chenil " Ipenwound " Biebesheim. (Grand-Duché de Hesse).

Nous voyons que Korthals lui-même explique ici simplement son mode d'élevage, et que la sélection et l'éducation ont été les seuls moyens par lesquels il a pu régénérer le poil dur.

Parlons à présent de la famille " Stichelhaar ", le chien à poil dur, qu'on trouve en Allemagne.

Tout comme le marquis de Cherville en France, qui commença en 1847, M. E. Bontant, de Francfort-sur-le-Mein, se donna beaucoup de peine vers 1865 pour tirer de l'oubli le poil dur. Il trouva en Hesse, des chiens, le " barbe sale Hessois ", avec lesquels il commençait son élevage, et à l'exposition de Francfort, en 1878, il concourrait dans la même classe avec ses produits contre les griffons de Korthals. En 1879, un an plus tard, à l'exposition de Hanovre, on sépara les classes ; les chiens de M. Bontant entraient dans les classes ouvertes pour " Stichelhaarige Vorstehhunde " (chiens d'arrêt " Stichelhaar ") et les poils durs de Korthals furent inscrits dans les classes pour " Griffons à poil rude ".

La séparation entre ces deux familles d'une même race, date de cette exposition en 1879, et une forte concurrence, presque une lutte acharnée, s'est livrée en Allemagne entre le Stichelhaar et le Griffon.

Korthals était convaincu que le Griffon est d'une race continentale universelle dont les groupes, quoique séparés, étaient cousins et de même lignée, tandis que les Allemands croyaient posséder dans le Stichelhaar un chien à poil dur national, pur sang allemand et sans parenté, ni avec le Spinone, ni avec le Griflon.

Lors de l'exposition qui fut tenue à Hanovre, en 1882, différents délégués de clubs canins allemands, se réunissaient et fixaient les points et le Standard du Stichelhaar, baptisant définitivement de ce nouveau nom les poils durs dont M. Bontant avait trouvé les ancêtres parmi les " barbes sales Hessois ".

C'est alors qu'une députation de ces délégués vint trouver Korthals pour le prier de se joindre à eux, de faire cause commune et de nommer ses griffons " chiens d'arrêt Stichelhaar ". Korthals refusa net, disant que le Griffon et le Stichelhaar sont tous deux groupes d'une même race, qu'ils ont la même origine, et que la séparation qu'on tentait d'introduire était artificielle.

La lutte a duré vingt-cinq années et ce n'est que le

12 février 1907 que le président de la commission des délégués, Son Excellence le baron von Plato, signait avec le président du Griffon-Club, M. le baron de Gingins, l'acte de la paix, un compromis sérieux où on arrêta (art. 4) : " Les deux familles, le Stichelhaar et le Griffon, forment ensemble le groupe des chiens à poil dur. ".

Ajoutons encore ceci :

Parmi les " barbes sales Hessois ", souche du Stichelhaar, il se pourrait parfaitement bien qu'il restait encore une goutte de sang des griffons français introduits en Hesse, sous le roi Jérome de Westphalie, qui a tenu sa cour à Cassel, capitale d'une province de la Hesse.

D'autre part, M. E. Schlottfeldt (1), auteur kynologue et grand éleveur de Stichelhaar, bien connu en Allemagne, nous dit que le prince Hermann de Waldeck a importé de France des griffons à poil long dans sa principauté d'Arolsen.

Ces deux importations de griffons français en Allemagne, ont dû avoir toujours une certaine influence dans l'histoire très intéressante du poil dur allemand.

***

Revenons à l'œuvre de M. Korthals.

Homme d'énergie, de volonté et de sens pratique, il savait par expérience que l'union fait la force et que pour propager ses idées et suivre sa route, il faut le concours des amateurs, il faut des amis, il faut des aides. Il avait déjà fondé en 1874, en Hollande, le club Nimrod ; en Silésie, le club Nimrod-Silésie, et réunissant ses fidèles à Mayence, il y fonda le 29 juillet 1888, le

---

(1) *Jagd-Hof-und Schäferhunde*, par E. Schlossfeldt, Berlin, 1888, p. 102.

Griffon-Club. Son ami, le prince A. de Solms Braunfels, en fut le président d'honneur, Korthals lui-même y occupait la place de secrétaire.

Déjà en 1886, Korthals établissait lui-même les signes caractéristiques de ses griffons, dans une lettre publiée dans le journal *Der Hund* du 4 mars 1886.

Cette lettre, la voici :

A la Rédaction du journal *Le Chien*, à Leipzig.

Après m'être efforcé depuis treize ans d'améliorer la race du chien d arrêt à poil dur, je vois avec satisfaction aujourd'hui que la racc est devenue d'hérédité constante.

Et puisqu'on me prie de toutes parts de publier un caractéristique de son extérieur, je me permets d'en mettre ci-inclus un à votre disposition.

Veuillez, etc.

(s.) E. K. Korthals.

Biebesheim, 18 février 1886.

On trouve le texte de ces " caractéristiques " dans le premier volume du G. S. B., p. 18.

Une échelle des points du Griffon, cette fois-ci signée par tous les grands éleveurs et amateurs du Griffon en Allemagne à cette époque, où figure encore la signature du baron E. Coppens de Bruxelles, fut publié dans le même journal *Le Chien*, à Leipzig, le 15 novembre 1887.

Une courte déclaration officielle, reproduite comme en tête, les consacre :

Points du Griffon à poil dur.

M. E. K. Korthals ayant, grâce à de longues années d'efforts persévérants, réussi à créer par sélection une famille à hérédité constante qui, sous le nom de **Griffon Korthals à poil dur**, s'est acquis de nombreuses sympathies en Allemagne où elle est dès longtemps connue et a, en outre, été publiquement reconnue par les connaisseurs d'autres pays, notamment par les amateurs français, comme représentant le vrai type du Griffon à poil dur, nous soussignés, voulons nous efforcer de continuer l'élevage de cette race en en conservant la pureté en raison de ses remarquables qualités en chasse, et croyons en conséquence devoir livrer ci-dessous à la publicité les points caractéristiques de celle-ci, tels qu'ils ont été établis par M. Korthals, d'accord avec nous, et pour servir désormais de point de repère dans nos tentatives futures d'élevage.

Les points du Griffon à poil dur sont les suivants :

Tête. — Grande, longue, à poil rude touffu, mais pas trop long, avec moustaches et sourcils bien accusés, crâne pas trop large, museau long et carré, chanfrein légèrement busqué, angle facial pas trop prononcé.

Oreilles. — De moyenne grandeur, non papillotées, appliquées à plat, placées pas trop bas : le poil court qui les recouvre est plus ou moins mélangé de poil plus long

Yeux. — Grands, pas recouverts par les sourcils, d'expression très intelligente, jaunes ou bruns.

Mufle. — Toujours brun.

Cou. — Passablement long, dépourvu de fanon.

Poitrine. — Profonde, pas trop large.

Taille. — Environ 55 à 60 centimètres sous potence pour les mâles ; 50 à 55 centimètres pour les femelles.

Epaules. — Passablement longues, très obliques.

Côtes. — Légèrement tombées.

Membres antérieurs — Droits, vigoureux, bien dans l'aplomb de l'épaule, à poil touffu.

Dos. — Vigoureux, le rein bien râblé.

Membres postérieurs. — A poil touffu, cuisses longues et bien musclées, jarrets coudés, pas droits.

Pieds. — Ronds, solides, les doigts bien fermés et joints.

Queue. — Portée horizontalement ou la pointe légèrement relevée, à poil touffu, mais sans panache ; doit être écourtée généralement d'un tiers ou d'un quart.

Couleur de la robe. — De préférence gris-acier avec marques marron, ou uniformément marron-rubican ou rouan. Sont admises également les robes blanc et marron, et blanc et orange.

Poil. — Dur et grossier, rappelant au toucher la soie du sanglier, jamais bouclé ou laineux. Sous le poil de couverture, long et dur, règne un duvet fin et serré.

Braunfels et Eisenberg, octobre 1887.

Albrecht, prince de Solms-Braunfels,
Baron Eugène de Gienanth.

Le prince Albrecht signait pour l'Allemagne du Nord, le baron de Gienanth pour l'Allemagne du Sud :

Suivent les signatures de quatorze amateurs et éleveurs qui se sont, à cette même date, déclarés d'accord avec les points ci-dessus (1) :

Brunzlow, prem. lieut[t] à D., Wiesbaden.
Clausius R., Crumstadt.
Coppens, baron E., Bruxelles.
V. Hagen, forestier en chef, Annaburg.
Mootz G., Neu-Ruppin.
V. Pannwitz, Excell. lieutenant-général, Darmstadt.
Rikoff, Th., Munich.
Saam, H. F. Frankfort-sur-le-Mein.
Stein, Léo, Darmstadt.
Spamer, doct., Mayence.

---

(1) Cette pièce officielle figure au G. S. B. IV, p. 16-17.

Baron de Turckheim, Oelsa (Saxe).
Völsing, cap^{ne}. Mayence.
Vollrath, Otto, peintre animalier, Munich.
Winkler, R., Braunfels.

Les points de la race, arrêtés en 1887, le club fondé en 1888, on vit paraître en 1889 le tome premier du livre d'origine des chiens d'arrêt à poil dur, notre précieux G. S. B.

Korthals l'a composé en entier, un vrai travail... de chien. Ce tome contient toute l'histoire de l'élevage du Griffon dès le commencement, c'est-à-dire de 1870 à 1889, durant une période de vingt ans et est d'une valeur inestimable pour quiconque s'intéresse au Griffon d'arrêt.

Depuis ce tome premier, ont paru en tout, jusqu'en 1910, quatorze volumes du livre d'origine ou 3590 griffons sont inscrits sous leur numéro d'ordre avec date de naissance et noms de leur père et mère, entre n° 1. Baer (G. S. B. I.) et n° 3590. Lita de Clesles (B S. B. XIV), il y a quarante années de l'histoire de cette race.

Une commission spéciale de trois membres, surveille la tenue du livre d'origine et a, en particulier, pour fonctions :

1° La surveillance et le contrôle des dépenses, et des rentrées provenant de ce chef ;

2° La correction des épreuves d'imprimerie et la rectification des erreurs possibles ;

3° La compétence de décider souverainement dans tous les cas litigieux.

Cette commission se compose actuellement de MM. le baron de Gingins, H. Hedderich et G. F. Leliman.

Ainsi que le définissent les statuts, le but de ce livre est d'encourager les efforts du Club et de ses membres en matière d'élevage en leur fournissant l'occasion d'y faire inscrire, avec ses origines complètes, tout griffon à poil dur de race pure ; ce livre constitue également une source de renseignements sur le sort des produits passés en d'autres mains.

Par la production de portraits de chiens de mérite ce livre doit en outre compléter les notions des amateurs en leur présentant des sujets irréprochables, et créer, non seulement pour la génération actuelle, mais aussi pour les générations futures, une galerie de modèles typiques d'un haut intérêt au point de vue de l'évolution de la race.

Remarquons encore (et espérons que chacun qui le lira en prendra bonne note) que chaque volume du livre d'origine du Griffon-Club commence par un exposé de haute importance, c'est :

La Tendance du Club.

Le Club part du principe que le chien d'arrêt à poil dur se trouvait depuis des siècles répandu à la surface du continent européen, mais y était représenté sous des formes très diverses à pelage variable et ne répondant pas par suite de son état d'abandon aux exigences d'une race pure et homogène. Plusieurs éleveurs se sont donné pour tâche, à l'aide d'une sélection appropriée de reconstituer au moyen de ces chiens la race du Griffon d'arrêt à poil dur.

Le club se place au point de vue que les chiens qui, sous le nom de " Griffon Korthals ", se sont acquis une certaine notoriété, les Griffons à poil dur d'autre origine, élevés en d'autres pays, et les chiens d'arrêt allemands à poil dur, présentent tous dans leurs grandes lignes les mêmes caractères typiques et peuvent en conséquence être considérés comme appartenant à la même race, en sorte que leur accouplement — au cas où les éleveurs croiraient devoir y avoir recours — ne doit pas être envisagé comme une mésalliance, mais que bien au contraire les produits qui en résulteraient devraient être considérés comme " Griffons à poil dur " de race pure.

Néanmoins le Club ne croira pas devoir faire opposition si le vœu est exprimé d'autre part de conserver une subdivision de la race en chiens d'arrêt *allemands* à poil dur et en *Griffous*. Dans ce cas, les chiens provenant de l'élevage Korthals concourraient aux expositions sous la dénomination de Griffons dans les mêmes classes que les Griffons à poil dur, provenant d'autres élevages afin d'affermir le principe de l'internationalisme de la race et de l'identité de toutes les familles de Griffons à poil dur.

Quand on veut prendre la peine de bien se faire une idée du fait que le chien d'arrêt à poil dur est disséminé un peu partout en Europe et que, à part des trois grands groupes, le Spinone, le Griffon et le Stichelhaar, on trouve aujourd'hui même sur notre continent d'autres familles de poil dur, peu connues et pas en vue, cette tendance du Griffon-Club est la base de tout l'édifice, l'idée qui le supporte et le pénètre, la raison d'être pour laquelle Korthals et nous tous avons travaillé. Cette " Tendance " est notre droit et notre loi et m'a toujours paru la plus géniale conception du maître de Biebesheim.

C'est limpide et logique, libéral et sans esprit de clocher, cette déclaration laisse entrevoir le moyen et ouvre la voie pour atteindre le but final de l'unification de tous les groupes épars du chien d'arrêt à poil dur en une seule et grande race, uniforme de robe chassant tout gibier de plaine, de bois et de marais, grâce à la spécialité de leur " coat ", grâce surtout aux qualités innées héréditaires avec lesquelles cette vieille et bonne race a trouvé tant d'amis sur tout le continent européen.

Maintenir, défendre cette " Tendance " restera la noble tâche pour les jeunes... quand les aînés n'y seront plus.

Si le Standard et le livre d'origine constituent le point de départ pour tout club spécialement consacré à l'élevage, les field-trials et les expositions, sont comme la charpente qui soutient l'organisme.

Je n'ai certes pas à développer cette thèse dont on a reconnu la vérité depuis longtemps.

Le Griffon-Club l'a si bien reconnu que, fondé le

29 juillet 1888, il a tenu son premier field-trial deux mois plus tard (27-28 septembre 1888).

Cette première épreuve ouvrait tout de suite le champ et aux jeunes et aux adultes.

Le réglement de ces épreuves, en 1888, était rudimentaire et se tenait aux indications suivantes en deux lignes de texte seulement :

1. Dans les concours, le jury jugera selon sa libre appréciation et sans tabelles à points.

2. Dans le concours d'adultes, la chasse sera exercée pratiquement.

Sur ces simples données, les six premières épreuves du Club ont parfaitement réussi, pour la septième épreuve, du 6 au 8 septembre 1892, dans la chasse très giboyeuse du baron de Gingins, on introduit un autre réglement conçu sur les mêmes bases, mais plus détaillé, l'extension prise par les concours rendant nécessaire la spécification minutieuse de tous les points du programme.

Sauf aussi quelques modifications rédactionnelles, c'est lui encore qui est en vigueur actuellement et qui a été appliqué pour la 44me réunion d'avril 1910.

Réglement d'épreuves du Griffon-Club

(Concours en plaine)

---

§ 1. Tous les concours seront jugés sans que le jury fasse usage de tabelles à points. L'ordre d'appel des concurrents sera déterminé par le sort. Le jury appréciera par ordre d'importance :

a) La puissance du nez.

b) La quête intelligente, requérante, systématique.

c) La forme et le style de l'arrêt, y compris éventer, couler le gibier, etc. (Dans les concours de jeunes, où seule entre en ligne l'appréciation des qualités innées, il suffira que le jeune chien éventre et montre le gibier à belle distance, sans qu'il soit absolument nécessaire qu'il arrête ferme celui-ci).

d) Le rappel (concours d'adultes).

e) L'attitude au départ du gibier (concours d'adultes).

f) L'immobilité au coup de feu (concours d'adultes).

g) Le rapport (concours d'automne pour adultes).

h) Retrouver le gibier perdu, perdreau censé être tombé loin (concours d'automne pour adultes).

§ 2. Tous les concours auront lieu à bon vent. (Il ne sera admis d'exception qu'à la suite d'entente préalable avec le conducteur).

§ 3. Les chiens seront présentés isolément.

§ 4. La passion pour le lièvre ne disqualifie pas, toutefois, dans les concours d'adultes, toute poursuite sera punie d'une amende de 5 marks (payables sur-le-champ), et le chien devra à son retour reprendre immédiatement sa quête, sans intervalle de repos. En présence d'un travail de même mérite dans son emsemble, il va sans dire que, pour les concours d'adultes, le jury tiendra compte dans son classement final de la correction d'attitude à l'égard du lièvre. Dans les concours de jeunes, il ne sera ni perçu d'amende pour la poursuite du lièvre, ni tenu compte de celle-ci pour le classement des concurrents.

§ 5. Dans les concours d'adultes, tout conducteur est tenu de tirer lui-même devant son chien. Dans les concours de printemps pour adultes il ne sera tiré qu'à blanc. Dans les concours d'automne pour adultes, il ne sera tiré devant les concurrents que du gibier à plume et seul le rapport au commandement est désiré. Dans les concours d'automne pour adultes, il ne sera procédé à l'épreuve du rapport du lièvre que pour les quatre meilleurs concurrents et, pour égaliser complètement les chances, au moyen d'un lievre ayant atteint toute sa taille, qui n'aura pas été tiré en leur présence. L'ordre dans lequel les concurrents seront appelés à cette épreuve sera déterminé par le tirage au sort. Dans les concours de printemps et d'automne pour jeunes, il ne sera pas tiré devant les concurrents et il n'y aura pas d'épreuve de rapport.

§ 6. Tout chien doit être présent à l'appel de son nom, à défaut de quoi, après un quart d'heure de grâce, il peut être déclaré déchu du droit de continuer à participer à l'épreuve.

§ 7. Il est sévèrement interdit de laisser vaguer un chien en liberté, en dehors du temps durant lequel celui-ci est soumis à l'examen du jury.

§ 8. Les spectateurs sont priés de demeurer au moins cinquante mètres en arrière du jury et de se conformer implicitement aux injonctions, soit du comité, soit du commissaire des épreuves.

§ 9. Seront exclus des épreuves :

Quiconque fournit sciemment, en engageant un chien, des renseignements mensongers sur son identité.

Quiconque amène sur le terrain d'épreuves une chienne sous l'influence de son sexe.

Quiconque, par son attitude, occasionne du bruit ou du désordre, ou refuse de tenir compte des injonctions du jury, du comité ou du commissaire des épreuves.

§ 10. Quiconque formule une réclamation, doit en même temps déposer entre les mains du comité une somme de trente marks, qui fera retour à la caisse, si la réclamation est reconnue non fondée.

§ 11. Dans tous les cas non prévus ici, le comité décide en dernière instance.

Quand, en 1897, la Société des field-trials de Normandie organisa, de concert avec le Griffon-Club une épreuve de chiens de races continentales, on a fait l'essai en France du réglement ci-dessus.

Un éminent auteur cynologique, feu Jean Robert, après avoir suivi cette épreuve, en donne son opinion comme suit :

Il serait à souhaiter que ce concours sùt rectifier les idées fausses de certains amateurs français... Voilà bien les concours qu'il nous faut... Je forme des vœux sincères pour que nos sociétés canines, encouragées par le succès de cette expérience, organisent sur le même modèle leurs futures épreuves au moins pour les races continentales !

Le réglement d'épreuves du Griffon-Club a été adopté par le Griffon-Club belge, par la Société royale de Nimrod-Hollande pour ses épreuves de chiens continentaux, et quand le Club Français du Griffon à poil dur fut fondé en 1901, il a accepté le même réglement à quelques modifications près, par exemple l'amende de six francs pour tout chien adulte a chaque poursuite de lièvre, n'a pas été maintenue. Cependant je dois dire qu'elle figure au règlement du " Prix Korthals ", qui est une poule des produits nés dans les trois années qui précèdent le concours et qui se dispute en automne avec gibier tiré devant les chiens. Diverses sociétés organisatrices d'épreuves en ont fait autant en Allemagne.

Les épreuves du Griffon-Club, pour l'Allemagne du Sud établi à Munich, sont réglementées par un autre programme, nécessité par les différences de terroir et de gibier. Les vastes forêts et les montagnes boisées de la Bavière sont peuplées de cerfs et de chevreuils, et le renard n'y manque pas. On demande aux griffons, là-bas, en plus de l'aptitude pour la chasse en plaine et au marais qu'ils soient aptes également à la chasse au gros gibier et au mordant. Tâche difficile. mais dont plusieurs griffons bavarois s'acquittent à merveille.

Après que la Société royale de St-Hubert eut institué deux épreuves en campagne pour le Griffon, quelques amateurs belges fondèrent à Jodoigne le 1er octobre 1895, le Griffon-Club belge. L'article premier des statuts porte :

« Ce club a pour objet le maintien et l'amélioration en Belgique des Griffons à poil dur, dits Griffons-Korthals. »

L'échelle de points du Griffon-Club, son règlement pour les épreuves en campagne, la Tendance du Club et le livre d'origine, furent acceptés d'emblée par le nouveau Club et M. le baron E. Coppens, un des premiers qui avait cru en l'œuvre de Korthals et qui déjà en 1882 lui avait acheté des étalons pour son élevage en Belgique, fut élu à la présidence d'honneur.

A six semaines d'intervalles, un autre Club du Griffon se créa.

Le 14 novembre 1895, une vingtaine d'amateurs bavarois fondèrent à Munich le " Griffon-Club für Sud-Deutschland » (Griffon-Club pour l'Allemagne du Sud), le 23 novembre on se choisit un comité et le premier lieutenant, A. Lammerer, fut élu président.

Ce Club, comme le Club belge, se plaçait entièrement au point de vue du Griffon Club et se proposait d'en suivre les tendances et principes pour ouvrir " à la noble race du Griffon à poil dur un champ d'activité dans l'Allemagne du Sud et de faciliter tous les efforts tendant à répandre la race en Bavière et ailleurs ". Le Club, très actif, poursuit son but, fait courir des épreuves pour jeunes au printemps, et donne un sérieux concours de chasse pratique pour les adultes en automne, où la chasse au mordant et le travail sur piste au bois, etc., etc., ne sont pas oubliés.

C'est en 1901 (24 mai) que fut fondé à Paris le Club français du Griffon à poil dur sur l'initiative de M. Ch. Prudhommeaux. qui en fut élu président.

Sous sa présidence le Club parvint dans un minimum de temps à un maximum de prospérité, ce qui fait conclure qu'en France il y avait de la place pour un club de chasse pratique avec un chien d'arrêt..... pratique.

Le but du Club (art. 2 des statuts) est d'encourager l'élevage, le perfectionnement et l'emploi du griffon d'arrêt. Pour atteindre ce but, le Club a décidé d'employer les moyens suivants :

Article 3. — Adopter les points reconnus par le Griffon-Club. Patronner et soutenir les classes de Griffons à poil dur dans les expositions canines par des prix affectés aux meilleurs sujets ayant été primés en épreuves de chasse.

Organiser des concours de chasse.

Relever dans les pedigrees toute erreur susceptible d'influence fâcheuse sur l'élevage, etc., etc.

Depuis la fondation du Club, le président, M. Ch. Prudhommeaux a eu une très forte part dans le succès qui l'accompagne et le comité entier, qui ne se compose que d'amateurs et éleveurs de Griffon, luttent de zèle et de dévouement pour les idées de progrès qu'on cherche à réaliser.

Le Club prospère, les expositions spéciales, les épreuves en campagne, qu'il organise régulièrement en font preuve, car il a, comme disait quelqu'un dans *l'Eleveur*, un instrument merveilleux à sa disposition, c'est-à-dire un chien intelligent qui a tout ce qu'il faut pour faire un bon chien de chasse pratique.

Les premiers concours du Club français furent courus à Ressons-sur-Matz (8 et 9 avril 1902), ils eurent un succès marqué et mérité.

" Nous sortons enfin de l'ornière. Désormais, grâce au Club français du Griffon à poil dur, on verra périodiquement dans notre pays des épreuves rationnelles pour chien d'arrêt.

C'est le regretté Jean Robert qui en parle ainsi (1).

Les quatre Clubs qui marchent d'accord, qui sont unis de par la " Tendance ", le Standard et le livre d'origine, ont chacun leurs propres statuts et conservent une complète indépendance pour pouvoir suivre librement et sans entraves les usages et coutumes du pays où ils sont constitués, cette liberté profite encore aux intérêts du Griffon.

Les membres adhérents des différents Clubs se montent à peu près à six cents.

A la tête de ces six cents amateurs du Griffon nous avons pour guide M. le baron de Gingins. président du Griffon-Club, président d'honneur du Club français.

(1) Le Chasseur pratique, 1er février 1902.

C'est lui qui, à la mort de Korthals a pris le gouvernail et qui, depuis dix-sept ans conduit la barque du Griffon et les intérêts de tous, de main de maitre avec tout son cœur, son esprit prévoyant, et de toute la sagesse de sa forte tête. Que serait devenue l'œuvre des Korthals si, en 1896, M. de Gingins n'avait pas accepté la succession ?

Ne le louons pas trop, lui-même, il estime et avec raison, que nos actions parlent mieux pour nous-mêmes que les amis les plus convaincus.

De tout ce que M. de Gingins a fait pour la race et les Clubs, aucun acte n'aura eu de conséquences plus heureuses pour le Griffon que l'entente qu'il a su établir entre les deux grandes familles du poil dur, le Griffon et le Stichelhaar.

Les difficultés pour arriver à jeter un pont de l'une à l'autre rive, jugées impossibles à surmonter, ont été vaincues par une diplomatie savante et une patience à toute épreuve, et quand enfin aprés trente ans de lutte, on a enterré la hache de guerre et fumé l'Upmann, quand on eut signé le protocole de la paix (23 mai 1908), M. de Gingins avait servi la cause du Griffon d'une façon au-dessus de tout éloge, achevant la tâche commencée par Korthals, et ouvrant au Griffon de nouveaux horizons à conquérir.

Voilà comment il en parla lui-même à Coblentz, au jubilé du vingtième anniversaire du Club :

Aujourd'hui nos efforts ont heureusement réussi à combler enfin le fossé entre le Griffon-Club et la commission des Délégués.

Les temps néfastes, hostiles au progrès, appartiennent au passé, c'est maintenant affaire aux deux représentants, aux deux défenseurs de la cynophilie de bon aloi, le Griffon-Club et le Club Stichelhaar, de rattraper le temps perdu, d'amener en bonne harmonie dans le domaine des expositions leurs deux familles de chiens d'arrêt à poil dur, soigneusement sélectionnés, toujours plus près de la perfection, de vouer toute leur attention à l'ennoblissement et à l'homogénéité, et de suivre en un mot l'exemple donné par la France et la Hollande qui conduit sûrement au succès et peut se synthétiser en ces mots : " L'union fait la force. "

Peu de temps après la mort de Korthals, dans le journal belge, *Chasse et Pêche* (1), une plume bien connue disait de lui et de ses chiens :

Certains esprits chagrins ont reproché au Griffon Korthals de n'être pas capable de détrôner le setter et le pointer comme chiens spéciaux pour la chasse en plaine. Korthals était infiniment trop intelligent et possédait une trop vaste expérience de questions de sport et d'elevage pour songer à réaliser cette utopie ; le but à atteindre était pour lui de produire, non pas le spécialiste uniquement destiné à la chasse en plaine que représentent déjà les chiens anglais á un degré de perfection impossible à dépasser, mais bien un chien qui — soit en plaine, soit au bois, soit au marais — fût susceptible à satisfaire pleinement les besoins des chasseurs s'adonnant á ces trois sortes de chasses et à qui les circonstances ne permettent pas d'entretenir simultanément un pointer, un waters paniel, un cocker et un retriever.

Ni lui, ni son ami, M. le baron de Gingins n'ont jamais visé à autre chose, et le fait que jusqu'ici le Griffon Korthals n'a pas reçu d'infusion de sang anglais, est la meilleure preuve que l'intention de son créateur n'était pas d'en faire un spécialiste de seconde qualité.

Tant que les quatre Clubs du Griffon poursuivront l'œuvre commencée par Korthals, tant que les points du Griffon Korthals seront consciencieusement la loi, l'unique Standard pour tous les éleveurs en tous pays, tant que le noble orgueil de toujours faire mieux inspirera tous les vrais amis, le sort du Griffon à poil dur sera assuré aussi longtemps que durera le rôle du chien d'arrêt, et si en plaine les oiseaux deviennent de plus en plus farouches ou les lièvres trop rares, il reste à notre race le bois et le marais où sa robe dure avec le duvet du sous-poil, lui assure la suprématie.

LELIMAN.

---

(1) 15e année n° 11.

LES CLUBS FÉDÉRÉS

Quatre Clubs fédérés, comptant ensemble plus de six cents membres, étroitement unis sur les bases communes du Livre d'origines spécial, du Standard, de la tendance et du réglement d'épreuves, sont consacrés à l'amélioration du Griffon à poil dur, savoir :

1° Le *Griffon-Club* (international), fondé en 1888 par feu Korthals (cotisation, 10 fr.), qui organise annuellement des épreuves de printemps et d'automne pour jeunes et adultes (le programme de la 45me réunion a paru en juin 1910), une exposition spéciale avec 1100 francs environ de prix en espèces ainsi que de nombreuses loteries de chiottes de bonne origine. Il édite chaque année en mars le G. S. B, Livre d'origines spécial à la race, reconnu par toutes les grandes sociétés canines (le volume XIV a paru en mars 1910 avec inscriptions jusqu'à 3590). *Adresser les demandes d'inscriptions, de renseignements et d'adhésion exclusivement au secrétariat R. Winkler, Gimbsheim, Hesse-Rhénane.*

Comité. — Président : le baron de Gingins, Hohenau, poste Nackenheim, près Mayence, et château de Gingins, près Nyon, Suisse. Secrétaire général : R. Winkler, Gimbsheim, Hesse-Rhénane. Trésorier : H. Hedderich, Rüsselsheim-sur-Mein, Hesse. Membre-adjoint : G.-F. Leliman, villa Arin, Appeldoorn, Hollande.

2° Le *Griffon-Club pour l'Allemagne du Sud*, fondé en 1895 (cotisation, 12 fr. 50), qui organise régulièrement au printemps des épreuves de jeunes et en automne des concours pour chiens de service avec épreuves variées au bois, en plaine et au marais (sur mordants, gros gibier blessé), etc., etc. Le programme de la 14me réunion d'automne est paru en juin 1910. Adresser les adhésions, demandes de renseignements, etc, etc., à M. le capitaine Sterzer, Elvirastrasse, 4, Munich.

Bureau. — Président : le capitaine Hans Sterzer, Elvirastrasse, 4, Munich. Secrétaire : Franz Kiefer, Blumenstrasse, 9, Munich. Trésorier : Gustave Pfister, Thierschstrasse, 3, Munich. Membre-adjoint : H. Killinger, Kaulbachstrasse, 88, Munic.

3° Le *Griffon-Club belge*, fondé en 1895 (cotisation 10 fr.), qui organise tous les printemps des field-trials pour jeunes et adultes. Adresser les adhésions, demandes de renseignements, etc., à M. J. Mandard, Thorembois-St-Trond, près Perwez, Belgique. *Bureau* : président, M. Abel Raeymaeckers, professeur, Gembloux. Secrétaire, J. Mandart, Thorembois-St-Trond, près Perwez. Trésorier, C. Voss, Waterloo Membre-délégué près la Société Royale, St-Hubert : Englebert-Claeys, Bruges.

4° Le *Club Français du Griffon à poil dur*, fondé en 1901 (cotisation, 10 fr.), qui organise régulièrement des épreuves de jeunes et d'adultes au printemps, un concours de chasse en automne, la " Poule Korthals " et une exposition speciale. Adresser les adhésions, demandes de renseignements, etc., à M. Prudhommeaux, 4, rue Gaillard, Paris. *Bureau :* président, M. Ch. Prudhommeaux, 4, rue Gaillard, Paris. Vice-président, M. Henri Papillon, 27, rue St-Lazare, Paris. Secrétaire-trésorier, M. Jean Rousseau, Veulettes (Seine-Inférieure).

Statuts du Griffon-Club

REVISÉS LE 19 JUILLET 1908

Nom.

§ 1. Le Club porte le nom de Griffon-Club.

Siège.

§ 2. Le siège du Club se trouve au domicile du président en charge.

But.

§ 3. Le but du Club est d'encourager l'élevage du griffon à poil dur de race pure.

Activité du Club.

§ 4. 1. Le Club établit l'échelle des points de la race (Standard) et se réserve, en cas de nécessité, de préciser ceux-ci davantage. Cependant, jusqu'à nouvel ordre, les " points " établis par un groupe d'éleveurs de griffons à poil dur, publiés par les journaux *Der Hund*, vol. XII, n° 22, et *Hundesport*, n° 2, 1re année (1886) et reproduits à la fin des présents statuts, seront considérés comme indiquant officiellement les caractères typiques de la race.

2. Le Club tient un répertoire des noms enregistrés et édite un " Livre d'Origines pour Griffons à poil dur " à l'administration et à la réglementation duquel il est pourvu par le Comité.

3. Le Club tient, si possible chaque année, une exposition spécialement réservée aux griffons à poil dur et décerne des récompenses aux meilleurs sujets exposés, ainsi que des prix collectifs d'élevage. Tous les ans le Club organise au printemps et en automne des épreuves spécialement réservées aux griffons à poil dur.

4. Le Club se propose en outre comme devoir important de développer l'esprit de solidarité entre les éleveurs de griffons à poil dur, de prendre en mains les intérêts de ceux-ci. de répandre les principes d'élevage rationel et de faire en sorte que, grâce à une amélioration constante, la race du griffon à poil dur soit toujours mieux connue et mieux appréciée du public. Dans ce domaine, rentre entr'autres la création de groupes locaux, l'attribution de prix d'élevage en épreuves aux naisseurs des gagnants de premiers prix,, l'attribution de trophées et de prix challenges en exposition. etc.

Membres. Admission. Démission.

§ 5 1. Le Club se compose de membres actifs et de membres d'honneur ; ces derniers sont élus par le Comité. Les ressortissants de toute nationalité peuvent être acceptés comme membre. Quiconque désire devenir membre du Griffon-Club doit exprimer par écrit au secrétaire-général, soit directement, soit par l'entremise d'un membre du Club, son intention d'en faire partie, en déclarant explicitement reconnaître dès la date de son admission les dispositions des statuts et les décisions en vigueur. Le secrétaire général insère alors dans les organes officiels du Club l'avis de présentation du candidat. En l'absence d'opposition motivée auprès du secrétaire général dans le délai de quinze jours, le candidat sera considéré comme admis. Si un membre exprime un vote motivé contre l'admission, le candidat ne sera pas accepté et ce, sans qu'il lui soit donné communication des motifs.

2. Peuvent seuls être acceptés les candidats d'une honorabilité reconnue.

3. Tout membre désireux de démissionner, doit faire part de son intention au Comité, en mains du trésorier, avant le 1er décembre de l'année courante,

faute de quoi il demeure encore astreint au paiement de la contribution pour l'année suivante.

4. La démission involontaire d'un membre peut être provoquée, soit par voie d'invitation à sortir spontanément du Club à lui adressée par le président, soit par voie d'expulsion sur motion dûment motivée. L'expulsion a lieu par décision de la majorité du Comité, après que celui qui en est l'objet a été entendu. Elle peut être prononcée pour violation grave des statuts ou des intérêts du Club, pour dommage causé au Club, pour indélicatesse dans la vente ou l'achat de chiens ainsi qu'en ce qui concerne les saillies, pour actes commis à l'intérieur ou à l'extérieur du Club incompatibles avec le caractère d'un homme d'honneur. L'expulsion est en outre prononcée contre les membres qui font partie d'une société d'élevage encourageant les croisements, qui prennent part aux entreprises d'une telle société, qui jugent, désignent, inscrivent, exposent, présentent ou font présenter en épreuves des " Deutsch-Drahthaar " ou des " Pudelpointers ", emploient des Griffons ou des Stichelhaar à l'élevage des croisements ou les mettent à la disposition du dit élevage. Aussitôt qu'une motion tendant à l'exclusion a été déposée, il n'est plus accepté de démission volontaire de la part de celui qui en est l'objet.

5. Tout membre démissionnaire ou expulsé perd toute prétention à la fortune du Club.

Moyens pécuniaires.

§ 6. 1. Ceux-ci sont fournis par les membres actifs sous forme de contributions. La contribution annuelle est de 10 francs (pour les gardes-forestiers de grade inférieur à celui d'un inspecteur : 5 francs) et doit être envoyée d'avance pour l'année suivante, franco, au trésorier du Club avant le 15 décembre de chaque année. Passé ce terme, celui-ci est tenu d'encaisser par recouvrement postal cette valeur majorée des frais de port et de recouvrement. Le refus de paiement de la contribution a pour conséquence la radiation de la liste des membres ; l'obligation de payer celle-ci n'est d'ailleurs point périmée par la radiation.

2. Les dons spéciaux, sous forme d'espèces ou de prix d'honneur en nature pour les épreuves ou les expositions, sont versés aux mains du Comité.

Le Comité.

§ 7. 1. Le Griffon-Club est administré par un comité ; celui-ci se compose de cinq membres, savoir : un président d'honneur, un président, un secrétaire général, son suppléant, qui est en même temps trésorier, et un membre adjoint.

2. Le président d'honneur est nommé à vie ; il occupe la présidence d'honneur dans toutes les délibérations auxquelles il assiste, mais la direction des affaires repose entièrement entre les mains du comité au sein duquel il dispose d'une voix au même titre que ses collègues. Le comité est élu pour deux ans à l'expiration desquels il dépose son mandat pour qu'il soit procédé à une nouvelle élection. Les membres sortant de charge sont rééligibles. L'élection du comité a lieu en assemblée générale au scrutin secret ; l'élection du président a lieu dans un premier tour, puis il est procédé successivement en des tours distincts à l'élection de chacun des autres membres du comité. L'élection a lieu à la majorité des voix ; en cas d'égalité de suffrages, le président départage les voix. Les bulletins blancs et les bulletins irréguliers sont nuls. En cas de démission d'un membre du comité pendant la durée de son mandat, le comité se complète lui-même. En cas de démission simul-

tanée de plusieurs membres du comité, le comité doit être complété en une assemblée générale convoquée à cet effet. Le comité se trace lui-même son tableau de travail dans lequel les fonctions des différents membres sont exactement définies.

Activité du Comité.

§ 8. 1. Le président convoque le comité lorsque le besoin s'en fait sentir. Le Comité remplit les fonctions suivantes :

2. Il représente le Club au dehors en toutes circonstances, et par conséquent aussi vis-à-vis des autorités.

3. Il élit selon son appréciation personnelle les membres d'honneur.

4. Il doit annuellement convoquer au moins une assemblée générale durant les deux premiers mois de l'année, et il lui appartient d'en fixer le lieu.

5. Il doit, dans l'assemblée générale, mettre en délibération et en votation les entreprises importantes, donner à l'assemblée un résumé de l'activité et de la situation du Club, et présenter la comptabilité de l'exercice écoulé pour en obtenir décharge.

6. Il organise et dirige les épreuves, en établit les programmes, nomme les jurys, fixe le montant des engagements et des prix, détermine les conditions d'épreuves et le mode d'appréciation du jury. Il organise également et dirige les expositions spéciales et autres.

7. Il gère la fortune du Club et a le devoir d'en faire emploi au mieux des intérêts de celui-ci et conformément à sa destination.

8. Il règle les conditions d'inscription dans le Livre d'Origines du Griffon-Club et surveille la rédaction et la tenue de celui-ci par le secrétaire général.

9. Il décide selon son appréciation dans tous les cas non prévus par les statuts.

Motions.

§ 9. 1. Tout membre a le droit de déposer des motions auprès du Comité, en mains du secrétaire général. Les motions présentant un caractère d'urgence sont mises immédiatement en délibération et en votation. Dans le cas contraire, il est loisible au comité d'attendre, pour en délibérer, qu'il en ait été présenté un certain nombre.

2. Les motions, accompagnées de leur exposé de motifs, sont (autant qu'elles ne peuvent être tranchées par le Comité seul ou que celui-ci préfère les soumettre à l'appréciation du Club tout entier) communiquées par écrit à chaque membre, ou publiées officiellement dans les organes du Club en fixant un délai pour l'expression des suffrages.

3. Les membres dont les suffrages ne sont pas exprimés avant l'expiration du délai fixé pour chaque cas particulier, sont considérés comme se rangeant aux décisions de la majorité.

Assemblées générales. Leur compétence. Leur équivalent.

§ 10. 1. La convocation à l'assemblée générale annuelle est envoyée aux membres quinze jours à l'avance, avec indication de l'ordre du jour, par convocation directe et par publication dans les organes officiels du Club. Tout membre a le droit, même en cas d'absence, d'émettre par écrit son vote motivé sur les matières figurant à l'ordre du jour. Les motions destinées à l'assemblée générale doivent parvenir par écrit, au plus tard, le 1er Janvier au secrétaire général, afin de pouvoir figurer à l'ordre du jour, à défaut de quoi elles ne pourront être mises en votation dans l'assemblée générale la plus prochaine.

2. Le droit de siéger dans l'assemblée générale et

d'y exprimer leurs suffrages, existe pour les membres d'honneur aussi bien que pour les membres actifs.

3. L'assemblée générale prend ses décisions à la majorité des membres, tant présents que représentés par leurs votes écrits. En cas d'égalité de suffrages, le président départage les voix.

4. Comme équivalent des assemblées générales, il est pour l'ordinaire fait usage de communications écrites ou de publications insérées dans les organes officiels du Club.

5. Toute décision prise, soit par le Comité, soit par le Club, est publiée et reste en vigueur tant qu'elle n'est pas abrogée ou amendée.

6. Toute décision ultérieure abroge de droit les dispositions contraires contenues dans une décision précédente.

7. Le Comité peut en tout temps convoquer de sa propre initiative des assemblées générales extraordinaires ; il doit le faire sur la demande des deux tiers des membres. (Voir les délais de convocation, etc., à l'alinéa 1.)

8. Les points établis pour la race ne peuvent être modifiés qu'en assemblée générale et à la majorité des deux tiers des votants.

Groupes locaux.

§ 11. 1. Les membres du Griffon-Club peuvent s'unir en groupes locaux aux fins de :

a) réaliser entre membres habitants dans un rayon rapproché des relations plus étroites, en vue de cultiver des rapports personnels et de se communiquer leurs opinions et leurs expériences dans le domaine de l'élevage, de l'hygiène et du dressage de la race ;

b) jouer un rôle éducatif et vulgarisateur par la présentation, la comparaison et l'appréciation des chiens de leur entourage, par des conférences ou des discussions traitant de matières cynologiques d'ordre général ou de questions spéciales à la race, également enfin par l'abonnement collectif à des journaux et publications cynophiliques ;

c) répandre l'amateurisme en faveur de notre race par une active propagande, gagner au club de nouveaux membres, donner l'impulsion pour l'organisation d'expositions locales et d'épreuves d'aptitudes et collaborer activement avec le club à leur réalisation.

2. La condition préalable pour la création d'un groupe local, est qu'au minimum cinq membres du Griffon-Club, habitant dans un rayon rapproché les uns des autres, déposent par écrit entre les mains du Comité une motion à cet effet et s'engagent solidairement vis-à-vis de celui-ci à orienter leur activité locale en parfaite harmonie avec la tendance, les statuts et le Livre d'Origines du Griffon-Club.

3. Il ne peut être créé de groupe à l'endroit où un club local appartenant à la Fédération des clubs consacrés au griffon à poil dur a déjà son siège social.

4. Seuls, les membres du Griffon-Club ayant payé pour l'année courante leur contribution entre les mains du trésorier du club, peuvent être admis à faire partie d'un groupe local.

5. La direction administrative du groupe local est entre les mains d'un chef de groupe, à élire dans son sein, nommé pour une année et rééligible. Les groupes locaux de plus de vingt-cinq membres peuvent donner au chef de groupe l'assistance nécessaire par l'élection d'un secrétaire (remplissant en même temps les fonctions de caissier) à prendre dans leur sein, nommé pour une année et rééligible.

6. Les réunions de groupes doivent avoir lieu autant que possible tous les mois. Il peut y être amené des hôtes. Dans la réunion de janvier, qui tient lieu

pour le groupe d'assemblée générale, il est procédé à l'élection du chef de groupe (et éventuellement du secrétaire) et il est présenté par le chef de groupe un compte rendu financier et un rapport sommaire sur l'exercice écoulé. L'un et l'autre, de même que la liste des adhérents du groupe local, doivent dans la quinzaine parvenir au Comité du Griffon-Club, aux mains du secrétaire général, à titre de renseignements sur l'activité et la prospérité du groupe local.

7. Il est loisible aux groupes locaux de prélever de leurs adhérents, pour couvrir leurs dépenses courantes, une contribution locale, qui (sans vouloir imposer des limites à la générosité spontanée) doit être d'au moins un mark par an (1 fr. 25). Il y a lieu de fixer la contribution locale aussi bas que possible pour permettre à tout membre du club, quelle que soit sa situation pécuniaire, de se joindre également à un groupe local. Ces petites sommes sont exclusivement destinées à couvrir les menus frais d'administration ou à permettre l'abonnement collectif à tel ou tel journal sportif. Lorsqu'il s'agit de dépenses dans l'intérêt du groupe local, de prix d'honneur à offrir, etc., une liste de souscriptions volontaires pour chaque cas particulier répond mieux au but poursuivi.

8. En cas de dissolution d'un groupe local, son encaisse est versé dans la caisse du Griffon-Club.

9. Sur tous les autres points non énoncés ici, il y a lieu d'appliquer exclusivement les statuts du Griffon-Club.

Révision des Statuts.

§ 12. La motion de réviser les statuts peut émaner du Comité. Une motion dans ce sens émanant des membres, doit être remise au Comité avant la fin de l'année, revêtue des signatures d'au moins un tiers des membres composant le club. La mise en délibération a lieu dans la prochaine assemblée générale. Les décisions relatives à la révision des statuts doivent être prises à la majorité des deux tiers des membres composant le club.

Dissolution du Club.

§ 13. 1. La motion de dissoudre le club doit être remise au Comité, revêtue des signatures d'au moins un tiers des membres du club. La dissolution ne peut être prononcée que si, dans une assemblée générale extraordinaire convoquée à cet effet, les deux tiers des membres composant le club, votent dans ce sens. Si le nombre des membres présents ou représentés est inférieur à ce chiffre, il doit être convoqué un mois plus tard une nouvelle assemblée générale extraordinaire, qui est alors compétente pour prendre une décision définitive : dans ce cas, les trois quarts des membres présents ou représentés constituent la majorité nécessaire pour décider au sujet de la dissolution.

2. En aucun cas, la fortune du club ne peut être répartie entre les membres de celui-ci : elle doit être affectée sous une forme quelconque à l'élevage du griffon à poil dur.

Publications.

§ 14. 1. Les publications du club ont lieu dans ses organes officiels : *Hundesport und Jagd*, *Deutsche Jäger-Zeitung*, *Wild und Hund*, *Sporblatt*, *St.-Hubertus*, *Weidmann*, *Chasse et Pêche*, *l'Éleveur*, et entrent en vigueur dès qu'elles ont paru dans l'un d'eux.

2. Le Comité est en droit de modifier en tous temps la liste des organes officiels ; il doit publier les modifications survenues.

3. Toutes les pièces officielles et les publications sont signées par le président ou en son mandat (P. O.) par le secrétaire général.

Exercice.

§ 15. 1. L'exercice annuel s'ouvre le 1er janvier.

2. Le Griffon-Club a été fondé le 29 juillet 1888, à Mayence.

CLUB FRANÇAIS DU GRIFFON A POIL DUR

Fondé en France, le 24 Mai 1901

par M. Ch. PRUDHOMMEAUX

STATUTS

ARTICLE PREMIER. — Il est fondé une société française d'amateurs de griffons d'arrêt à poil dur. Cette société prend le titre de " Club Français du Griffon à poil dur ". Son siège social actuel est à Paris, 4, rue Gaillard.

ART. 2. — Le but du Club est d'encourager l'élevage, le perfectionnement et l'emploi du griffon d'arrêt.

ART. 3. — Pour atteindre ce but, le Club a décidé d'employer les moyens suivants :

Adopter les points reconnus par le Griffon Club International.

Patronner et soutenir les classes de griffons à poil dur dans les Expositions canines par des prix affectés aux meilleurs sujets ayant été primés en épreuves de chasse.

Organiser des concours de chasse, soit par lui-même, soit avec la coopération des sociétés similaires.

Fournir aux organisateurs d'Expositions canines, qui en feront la demande, une liste d'amateurs réunissant les conditions voulues, pour juger cette race avec compétence, autorité et impartialité.

Relever dans les pedigrees toute erreur susceptible d'influence fâcheuse sur l'élevage.

Surveiller les annonces dans les journaux spéciaux et mettre en garde les amateurs contre les erreurs ou fraudes possibles. Publier un bulletin spécial dans l'*Éleveur*, organe du Club.

Art. 4. — Le Club se compose d'un nombre illimité de membres d'honneur et de membres actifs, sans distinction de sexe.

Les étrangers peuvent en faire partie.

Art. 5. — Toute demande d'admission doit être adressée par écrit au président et ne peut être prise en considération qu'autant qu'elle est appuyée, verbalement ou par écrit, par deux membres du Club. Le Comité statue sur les demandes d'admission à la majorité absolue des voix et, au besoin, au scrutin secret.

Art. 6. — La cotisation individuelle des membres actifs, est fixée à 10 francs par an. Elle est payable, pour la première année, au moment de l'admission et, pour les années suivantes, dans le courant du mois de janvier. Le non paiement de la cotisation annuelle, après un second rappel, peut entraîner la radiation du membre.

Art. 6 *bis*. — Tout membre désirant donner sa démission, devra en faire part au président avant le 1er janvier, faute de quoi il sera contraint au paiement de sa cotisation.

Art. 7. — Les membres actifs consentant à payer une cotisation de 20 francs au lieu de 10 francs, porteront le titre de membre d'honneur.

Tous ceux acquittant une cotisation annuelle de 20 francs, porteront celui de membre fondateur.

Art. 8. — Toute personne faisant partie du Club, recevra une carte de membre, un exemplaire des Statuts et une monographie de la race, ainsi qu'un exemplaire de toute brochure, programme et bulletin publiés par le Club.

La carte de membre permettra au titulaire d'assister à toutes les réunions du Club, ainsi qu'à tout concours organisé par ses soins et sous ses auspices.

Art. 9. — L'Administration du Club est confiée à un Comité composé de huit membres, choisis autant que possible parmi les membres fondateurs. Les membres dudit Comité sont élus en assemblée générale, au scrutin secret et à la majorité absolue. Ils sont nommés pour une période de trois années et rééligibles.

Art. 9 *bis*. — Les prix offerts par le Club dans les concours ou expositions, sont attribuables aux chiens rentrant dans les conditions prescrites, le propriétaire ne fût-il pas membre.

Exception est faite pour tout propriétaire qui aurait été membre du Club et aurait cessé d'en faire partie.

L'assemblée générale a nommé M. le baron de Gingins président d'honneur perpétuel.

Le Comité nomme parmi ses membres :

1° Un président ;

2° Un vice-président ;

3° Un secrétaire-trésorier.

Art. 10. — En cas de démission ou de décès d'un ou de plusieurs membres du Comité, il est pourvu à leur remplacement à la prochaine réunion générale, mais en attendant, le Comité a le pouvoir de s'adjoindre provisoirement un ou plusieurs membres pour remplacer les manquants.

Art. 11. — Le Comité se réunit chaque fois qu'il le juge utile. Il a les pouvoirs les plus étendus pour tout ce qui concerne l'administration de la Société ; mais chacune de ses décisions, pour être valable, doit être prise à la majorité de ses membres ou de ceux de ses membres présents à une deuxième réunion régulièrement convoquée.

Art. 12. — Les membres absents peuvent voter par correspondance sur toutes les questions portées d'avance à l'ordre du jour d'une réunion quelconque. Toutes les décisions prises par le Comité, et en assemblée générale, sont consignées sur un registre spécial.

Art. 13. — Une assemblée des membres du Club a lieu chaque année à Paris, autant que possible au moment de l'Exposition canine qui se tient annuellement à Paris pendant le mois de mai. Dans cette réunion, le Comité présente un rapport sur la gestion pendant l'année écoulée.

Art. 14. — Le président représente le Club en justice et dirige les débats du Comité et des assemblées générales. En son absence, il est remplacé par le vice-président ou par le plus ancien membre du Comité.

Art. 15. — Le secrétaire-trésorier est chargé de toute la correspondance du Club. Il convoque à toutes les réunions sur l'avis du Comité, rédige les procès-verbaux et les signe concurremment avec le président.

Art. 16. — Il reçoit sur sa signature et au moyen de quittances tirées d'un livre à souche les cotisations annuelles des membres. Il paye toutes les dépenses sur le visa du président ou sur une délibération du Comité. Il est responsable de sa gestion.

Art. 17. — Toute discussion politique ou religieuse ainsi que les jeux de hasard, sont interdits dans les réunions du Club.

Art. 18. — La durée du Club et son capital social sont illimités. La dissolution du Club ne pourra être mise à l'ordre du jour que sur une demande formulée par écrit en émanant des deux tiers au moins des membres inscrits. Elle ne pourra être prononcée qu'en assemblée générale, à la majorité des trois quarts inscrits, et après une convocation spéciale adressée à chaque membre et publiée dans la presse cynégétique au moins quinze jours d'avance. Les fonds restants en caisse, en cas de dissolution, serviront à constituer un ou plusieurs prix destinés aux classes de griffons à poil dur dans une exposition canine française désignée par l'assemblée générale.

Livre d'Origine du Griffon-Club

(G. S. B.)

1. Le but de ce livre est d'encourager les efforts du club et de ses membres en matière d'élevage, en leur fournissant l'occasion d'y faire inscrire, avec ses origines complètes, tout griffon à poil dur de race pure présentant une valeur pour l'élevage, ainsi que ses produits et en leur fournissant le moyen assuré de tracer facilement et de reproduire avec certitude, même dans un avenir éloigné, la généalogie des chiens inscrits. Ce livre doit constituer également une source de renseignements sur le sort des produits passés en d'autres mains. Par la reproduction de portraits de chiens de mérite, primés et employés pour l'élevage, ce livre doit en outre compléter les notions des amateurs en leur présentant des sujets irréprochables et créer, non seulement pour la génération actuelle, mais aussi pour les générations futures, une galerie de modèles typiques d'un haut intérêt au point de vue de l'évolution de la race.

2. Peut être inscrit, tout chien d'arrêt à poil dur de race continentale, " Griffon " ou " Stichelhaar ", présenté par un membre du club. La preuve de la pureté d'origines du chien pour lequel l'inscription est demandée, doit être fournie à la Commission du Livre d'Origines par la personne qui fait la demande. La valeur de ce livre réside en une large mesure dans la confiance qui peut être placée dans les affirmations des membres à l'association des demandes d'inscriptions. Les demandes d'inscriptions ne doivent être faites que sur le formulaire *ad hoc*, qui peut être obtenu gratuitement du secrétaire général.

3. Il est perçu comme finance d'inscription :

Pour chaque chien, 2 fr. 50 ; si le pedigree complet doit être reproduit, 25 francs.

Pour un changement de propriétaire ou un rappel de récompenses, 2 fr. 50. (Il est loisible de faire inscrire simultanément plusieurs récompenses sans augmentation du coût.)

Pour un extrait du Livre d'Origines (communication du numéros d'inscription, renseignements sur l'ascendance, etc.), 2 fr. 50.

4. Si la transcription sous le nom d'un nouveau propriétaire ou un rappel de récompenses, est demandée pour un chien figurant déjà dans un volume précédent du Livre d'Origines, il paraît de nouveau dans le volume suivant, mais en conservant son numéro d'inscription, qui est alors placé entre parenthèses à la suite de son nom.

5. Deux chiens ne peuvent être inscrits sous le même nom, même dans des volumes différents, sans qu'il leur soit donné un surnom (préfixe ou affixe) capable d'éviter toute confusion. L'adjonction de numéros d'ordre à un nom donné ne peut être employée qu'en cas de descendance directe et immédiate (par exemple : Rap II en tant que fils de Rap, Rap III en tant que fils de Rap II, etc.), et seulement par le propriétaire de l'ascendant en question ou avec son consentement.

6. Tout chien, soit inscrit déjà, ou ayant figuré à des épreuves ou une exposition, conserve sans nulle modification possible ses noms. préfixe et affixe initiaux, pour l'inscription ou les rappels au Livre d'Origines. Toute dérogation est sévèrement interdite, lors même qu'elle ne procéderait d'aucune intention dolosive.

7. Les membres sont priés de transmettre au Comité des photographies de leurs meilleurs sujets, si possible primés. Si le Comité trouve celles-ci appro-

priées, elles seront publiées dans le Livre d'Origines.

8. Le Livre d'Origines est rédigé par le secrétaire général. Toutes les demandes d'inscription doivent lui être adressées accompagnées du montant.

9. Le Livre d'Origines paraît tous les ans en un volume qui peut être obtenu du secrétariat; le coût de cette publication est couvert par les finances d'inscription et par la vente des exemplaires parus. Le club prend à sa charge le déficit éventuel et encaisse le bénéfice s'il s'en produit un.

10. Une commission spéciale de trois membres, nommée par le Comité, surveille la tenue du Livre d'Origines et a en particulier pour fonctions :

1° La surveillance et le contrôle des dépenses et des recettes provenant de ce chef;

2° La correction des épreuves d'imprimerie et la rectification des erreurs possibles ;

3° La compétence de décider souverainement dans tous les cas litigieux.

Cette Commission se compose actuellement de :

MM. le baron de Gingins, H. Hedderich, G.-F. Leliman.

11. Le Livre d'Origines porte le nom de " Livre d'Origines du Griffon-Club" (par abréviation G.S B.).

Le Comité du G. C. en charge se compose de MM. le **baron de Gingins, Unterau**, par Nackenheim, près Mayence, et Château de Gingins, près Nyon (Suisse), président; **R. Winkler, Gimbsheim**, Hesse-Rhénane, secrétaire général; **H. Hedderich, Rüsselsheim-s.-Main,** Hesse, secrétaire-suppléant et trésorier; **G.-F. Leliman,** villa Arina, **Appeldoorn** (Hollande), membre adjoint.

Les statuts ci-dessus ont été adoptés par l'assemblée générale extraordinaire du 19 juillet 1908, à Coblence.

Club Français du Griffon à poil dur

POINTS DU GRIFFON A POIL DUR

(*C. F. G. P. D.*)

TÊTE. — Grande, longue, à poil rude, touffu, mais pas trop long, avec *moustaches* et *sourcils* bien accusés ; *crâne* pas trop large ; *museau* long et carré ; *chanfrein* légèrement busqué ; angle facial pas trop prononcé.

OREILLES. — De moyenne grandeur, non papillotées, appliquées à plat, placées pas trop bas ; le poil court qui les recouvre est plus ou moins mélangé de poil plus long.

YEUX. — Grands, pas recouverts par les sourcils, d'expression très intelligente, jaunes ou bruns.

MUFLE. — Toujours brun.

COU. — Passablement long, dépourvu de fanon.

POITRINE. — Profonde, pas trop large.

TAILLE. — Environ 55 à 60 centimètres sous potence pour les mâles; 50 à 55 centimètres pour les femelles.

ÉPAULES. — Passablement longues, très obliques,

COTES. — Légèrement bombées.

MEMBRES ANTÉRIEURS. — Droits, vigoureux, bien dans l'aplomb de l'épaule, à poil touffu.

DOS. — Vigoureux, le rein bien râblé

MEMBRES POSTÉRIEURS. — A poil touffu, cuisses longues et bien musclées ; jarrets coudés, pas droits.

PIEDS. — Ronds, solides, les doigts bien fermés et joints.

QUEUE. — Portée horizontalement ou la pointe légèrement relevée, à poil touffu, mais sans panache ; doit être écourtée généralement d'un tiers ou d'un quart.

COULEUR DE LA ROBE. — De préférence gris-acier avec marques marron, ou uniformément marron ; fréquemment marron rubican ou rouan. Sont admises également les robes blanc et marron (1).

POIL. — Dur et grossier, rappelant au toucher la soie du sanglier, jamais bouclé ou laineux. Sous le poil de couverture, long et dur, règne un duvet fin et serré.

---

(1) La seule différence entre ce Standard et celui adopté par le G. C., est que le C. F. G. P. D., sur la motion qui a été faite par son président, a repoussé pour le chien d'origine française la couleur blanc et orange, étant donné que cette couleur est en France celle des griffons d'une famille spéciale, celle élevée et propagée par M. Guerlain. *Note de l'E...*

ÉPREUVES FRANÇAISES

Règlement des Épreuves de Printemps

ARTICLE PREMIER. — Les juges ne font pas usage d'échelle de points, ils tiendront compte, par ordre d'importance, des qualités suivantes :

1° Finesse du nez ;

2° Initiative, ampleur, style et intelligence de la quête ;

3° Style et forme de l'arrêt dans la manière d'éventer, de suivre, de couler le gibier (adultes) ;

4° Rappel (adultes) ;

5° Attitude au départ du gibier, immobilité au coup de fusil (il sera tiré à blanc), rapport (adultes).

ART. 2. — Tous les concours doivent avoir lieu à bon vent. Il ne sera fait exception à cette règle qu'avec l'assentiment du conducteur.

ART. 3. — Tout chien concourra isolément.

ART. 4. — La poursuite du lièvre n'entraînera pas la mise hors concours, mais le chien devra reprendre son travail dès son retour et sans intervalle de repos. Entre des animaux de *mérite égal* quant au reste, les juges, bien entendu, tiendront compte, pour le classement, de la correction d'attitude à l'égard du lièvre.

Dans les épreuves pour puppies, il ne sera pas tenu compte de ce facteur dans le classement final.

ART. 5. — Tout chien doit être présent à l'appel de son nom et peut, dans le cas contraire, être après un quart d'heure de grâce, déclaré déchu de son droit à participer au concours.

ART. 6. — Tout chien qui. dans son travail, montrera un nez insuffisant, sera exclu du concours.

ART. 7. — Les chiens seront présentés aux juges par rang d'âge et en commençant par les plus jeunes.

ART. 8. — En cas d'absence d'un juge, le Comité se réserve de désigner un remplaçant pris parmi les amateurs les plus compétents.

ART. 9. — Les spectateurs sont invités à demeurer au moins à cinquante pas en arrière des juges et à obéir absolument aux injonctions du Comité ou du Commissaire des épreuves.

ART. 10. — Il est expressément interdit de laisser un chien vaguer en liberté, en dehors du temps oú il se présente devant le jury.

Art. 11. — Peuvent être exclus des épreuves :

1° Celui qui, sciemment, fournirait de fausses déclarations sur l'identité d'un chien engagé par lui ;

2° Celui qui amènerait sur le terrain d'épreuves une chienne en folie ou un sujet atteint de maladie contagieuse ;

3° Celui qui, par son attitude, serait cause de quelque désordre ou qui refuserait de tenir compte des injonctions du Jury, du Comité ou du Commissaire des épreuves.

Art. 12. — Toute réclamation doit être faite dans le quart d'heure qui suivra chaque concours ; le réclamant consignera entre les mains du Comité une somme de 50 francs, qui restera acquise à la Caisse du Club si elle est reconnue non fondée par le Comité.

Pour tous cas non prévus au présent règlement, le Comité décidera en dernier ressort.

RÈGLEMENT de la POULE KORTHALS

Epreuves d'automne, en temps d'ouverture, sur gibier tiré devant les chiens.

Article premier. — Il est institué sous forme de poule, un concours annuel de chasse pratique pour griffons d'arrêt à poil dur. inscrits ou susceptibles d'être inscrits au G. S. B. Ce concours prend le nom de « Prix Korthals » ou poule annuelle des produits griffons à poil dur. Il aura lieu dans le mois de l'ouverture ou qui suivra l'ouverture de la chasse.

Art, 2. — La poule est uniquement ouverte aux membres des Clubs des griffons à poil dur. Elle n'aura pas lieu si le nombre des engagements est inférieur à six.

Art. 3. — Ne pourront y prendre part que les chiens ou les chiennes nés une des trois années précédant celle du concours.

Art. 4. — Les conditions de l'enjeu sont les suivantes : 25 francs à payer en engageant le chien et 25 francs à payer sur le terrain avant l'épreuve. La date de clôture des engagements est le..... (1) Moyennant un supplément de 25 francs, les engagements seront reçus jusqu'au .... L'enjeu sera remboursé pour les chiens malades ou les chiennes en folie, s'ils sont déclarés dans les huit jours qui précéderont les épreuves. *Pour être valable la déclaration devra être certifiée par un vétérinaire.*

(1) La date de l'ouverture fait varier la date de l'épreuve.

Art. 5. — Les versements sont acquis à la poule si, à l'appel des concurrents, un chien est reconnu atteint d'une maladie contagieuse, de même pour une chienne en folie.

Art. 6. — Les gagnants de la poule se la partageront de la façon suivante : Au premier, 50 % des enjeux. Au deuxième, 25 % des enjeux. Au troisième, 15 % des enjeux. Au quatrième, 10 % des enjeux, pour plus de dix chiens présents sur le terrain. Pour moins de dix chiens présents sur le terrain, les gagnants se partageront : Le 1er, 50 % des enjeux ; le 2me, 30 %, et le 3me, 20 %. Aucun prix ne sera donné *ex æquo*.

Le président du C. F. G. P. D. offre une prime de 10 francs par chien à ajouter au montant des enjeux, c'est-à-dire qu'il offre autant de fois 10 francs qu'il y aura de concurrents sur le terrain.

Les prix supplémentaires en argent, dont la destination n'aura pas été spécifiée par le donateur, viendront s'ajouter à la répartition du montant de la poule et les objets d'art dans le même cas, seront attribués aux quatre premiers prix.

Art. 7. — Des mentions et des certificats seront en outre décernés aux chiens que le jury désignera.

Art. 8. — Le jury se composera de deux membres et d'un arbitre chargé, en cas de besoin, de départager les voix des juges.

*
* *

Article premier. — Le prix Korthals a été institué en vue de pouvoir examiner les chiens dans des épreuves qui seront *l'image réelle de la chasse*, et afin de permettre aux propriétaires des sujets d'avenir de les faire connaître dans des épreuves différentes de celles où ils pourraient appréhender la concurrence des lauréats habituels des field-trials du printemps.

Art. 2. — L'ordre d'appel des concurrents sera déterminé en commençant par les plus jeunes. Tout chien devra être présent sur le terrain à l'appel de son nom, à défaut de quoi, après un quart d'heure de grâce, il sera déclaré déchu du droit de continuer à participer à l'épreuve, à moins de payer une amende de 50 francs au profit de la poule.

Art. 3. — Au premier tour, les chiens seront examinés pendant une demi-heure au moins, si le chien n'a pas trouvé le moyen de marquer au moins un arrêt ferme. Au second et au troisième tour, s'il y a lieu, le temps nécessaire à l'examen des concurrents sera laissé à l'appréciation des juges.

Art. 4. — Les chiens devront battre leur terrain et croiser leur quête sans sortir des limites susceptibles d'être qualifiées *quête utile de chasse.* Tout chien sortant de la main de son conducteur et qui n'obéira pas au rappel, sera éliminé.

Art. 5. — Tout gibier arrêté, *quel qu'il soit* (sauf le gibier de passage que certains chiens peuvent ne pas connaître), sera tiré par le conducteur du chien. Toutefois, si ce dernier en fait la demande, il lui sera adjoint un fusil officiel.

Art. 6. — Tout gibier devra être rapporté par le chien à l'arrêt duquel il aura été tué. Les chiens ayant satisfait au travail sur le terrain, mais devant lesquels il n'aura été rien tué. auront ensuite à satisfaire à une épreuve de rapport en fin des épreuves du premier tour.

Art. 7. — Le rapport sera exigible sans être éliminatoire, mais tout chien qui aura refusé de rapporter sera taxé d'une amende de 10 francs au profit de la poule. En outre, tout chien qui aura refusé de rapporter ne pourra prétendre aux prix que devant une infériorité notoire des autres concurrents Tout chien qui poursuivra la plume sera éliminé. Il en sera de même pour la poursuite du lièvre si le chien ne revient pas au premier appel de voix ou de sifflet. Cette incartade sera taxée d'une amende de 5 francs au profit de la poule autant de fois qu'elle sera renouvelée.

Art. 8. — Chaque chien concourra isolément.

Art. 9. — Aucune réclamation ne sera admise et étudiée si elle n'est accompagnée d'une somme de 100 francs, déposée entre les mains du directeur du concours, dans le délai d'un quart d'heure après la fin de chaque épreuve. Après les concours et avant la proclamation des récompenses, la réclamation sera examinée par le président, le vice-président et deux membres du comité du club, qui demanderont aux juges les explications nécessaires pour éclairer leur opinion. Si la réclamation est justement motivée, la somme déposée sera remboursée au réclamant; dans le cas contraire, elle sera ajoutée au montant de l'enjeu.

Art. 10. — Il est interdit, sous peine d'une amende de 50 francs au profit de la poule. de laisser vaquer un chien en liberté à moins de 500 mètres en arrière du public en dehors du temps durant lequel il est soumis à l'examen du jury.

Art. 11. — Le concours ne sera pas public. Des invitations spéciales seront lancées.

Pour suivre les épreuves, les spectateurs sont priés de se conformer aux indications du Directeur du concours.

Art. 12. — Les amendes encourues sont payables séance tenante au Directeur du concours. Dans tous les cas non prévus, le Comité du concours (tel qu'il est décrit à l'article 6) décidera en dernière instance.

Art. 13. — Des formules d'engagements seront adressées aux personnes qui en feront la demande ; les engagements sont reçus au bureau du Club : 4, rue Gaillard, Paris (9e arrondissement), et doivent être accompagnés du premier versement (art. 6). Tout propriétaire de chien non inscrit devra joindre au montant de l'inscription au G. S. B. (2 fr. 50) le pedigre du chien qu'il engage,

Art. 14. — Toute personne étrangère à l'un des clubs confédérés devra, en envoyant son engagement, y joindre son adhésion au Club Français et le montant de sa cotisation.

DE LA

Toilette du Griffon à poil dur

Je me permettrai d'attirer l'attention de l'amateur de ces bons chiens sur la question de la toilette à laquelle, sauf dans quelques rares exceptions, on n'a pas toujours attaché l'importance qu'elle mérite.

Un chien à poil court n'a besoin, tant qu'il reste en bonne santé, que de peu de toilette, pour que son extérieur reste reluisant et de bon aspect. Il n'en est pas ainsi du chien à poil dur qui, quand manquent les soins, ressemble bientôt à un vrai monstre, non seulement par suite de la plus grande longueur du poil, mais surtout par suite de la contexture particulière de ce dernier. Chacun sait que chez ces chiens, sous le poil de couverture, se trouve un sous-poil laineux et serré qui protège l'animal contre le froid et l'humidité. Quand ce sous-poil manque plus ou moins (ainsi que l'on peut le voir dans la variété allemande dite " Stichelhaar "), la robe a bien l'air plus unie, le poil de couverture paraît être plus dur, mais le chien perd par là sa précieuse qualité de pouvoir travailler plusieurs heures dans l'eau sans avoir la peau trempée et est exposé à plus d'un malaise. Ce défaut est tout autant condamnable que l'autre extrême, le trop grand développement du sous-poil qui, quand on ne s'en occupe pas de façon convenable, finit par se mélanger au poil de couverture et lui donne un aspect laineux.

Cependant, tout en ayant un poil de contexture normale, malgré son poil de couverture dur au toucher et tout en possédant une bonne proportion entre ce poil et le sous-poil, le chien à poil dur exige certains soins avant qu'il puisse faire dans une condition irréprochable son apparition devant le public. Chez lui, la peine sera seulement moins grande que chez un chien à poil défectueux, et nous nous occuperons de lui en quelques mots.

Ne s'occuper du poil que peu de temps avant l'exposition, serait en tous cas un travail assez inutile. Un chien à poil dur doit être brossé et peigné journellement. La brosse enlève la poussière et la boue, le peigne donne au poil sa bonne position et enlève le poil mort. Après avoir vigoureusement employé la brosse, il est préférable de se servir, pour commencer, d'un peigne à dents pas trop fines et ensuite, après qu'avec ce peigne on a séparé les poils, d'en employer un plus fin pour arracher le poil mort; pour finir, le gant de crin est indiqué pour frotter vigoureusement tout le chien dans le sens du poil. L'action du gant de crin, qui produit une sorte de massage sur le poil récemment peigné, est extraordinairement favorable et lui donne non seulement la bonne position, mais aussi un beau brillant.

Les sourcils et la moustache ne doivent pas être travaillés avec un peigne fin qui risquerait fort d'enlever trop du poil touffu qui les forme. Si, au moyen du peigne à grosses dents, le poil *mort* ne s'enlève pas suffisamment, le mieux est de l'arracher prudemment à la main. Arracher le poil mort avec le bout des doigts ne fait pas de mal au chien, seulement il faut le faire un peu prudemment pour ne pas dépasser le but et enlever ainsi à ces parties du corps leur si pittoresque aspect. Par contre ce serait une inqualifiable cruauté de vouloir arracher le poil qui tient encore bien par sa racine : à cet endroit il resterait en tous cas assez longtemps une place dénudée dont l'aspect ne profiterait guère à l'esthétique générale du chien. Somme toute, arracher à la main sur les autres parties du corps le poil mort, n'est guère qu'un pis aller qui peut avoir son utilité chez des chiens muant difficilement ou, comme on dit, pour gagner du temps avant une exposition. Auparavant, il faut donner au chien un ou deux bains chauds pour que le poil s'enlève plus facilement, et en tous cas, pour que cette manipulation influence favorablement l'extérieur du chien, il faut qu'elle ait lieu le plus tôt possible (cinq ou six semaines auparavant), de façon qu'à la date de l'exposition le poil de remplacement ait eu le temps de se développer complètement.

A-t-on à faire à un chien qui ne possède pas assez de sous-poil? l'opération susdite ne doit pas avoir lieu. En général, chez ces individus, le travail avec le peigne devra être complètement laissé de côté pour épargner autant que possible un sous-poil rare : la brosse et le gant de crins suffisent amplement pour conserver en bon état ce poil déjà naturellement uni. Une ration quotidienne d'un ou deux litres de lait après les repas, aura une bonne influence sur la durée de la mue ; mais il faut continuer ce traitement pendant plusieurs semaines avant d'en voir l'effet. Au début ce lait cru produit un effet laxatif, plus tard il favorise l'assimilation et le chien augmente de poids. Pour certains possesseurs de grands chenils et qui ne sont pas en même temps agronomes, se procurer une suffisante quantité de lait peut être, il est vrai, assez difficile. Quant à la méthode souvent employée en Angleterre, de donner de l'arsenic pour améliorer la condition du poil, il vaut peut-être mieux ne pas s'en servir chez les chiens de chasse ; car il faut en tous cas la continuer pendant plusieurs mois et, à la longue, elle n'aura pas une bonne influence sur la santé d'un chien d'ailleurs sain car, comme chacun sait, l'arsenic produit une irritation artificielle sur tous les organes.

Tout indispensables que soient de pareils remèdes dans certains cas de maladie, leur application irraisonnée n'en semble pas moins blâmable, puisqu'il s'agit d'arriver à un résultat qu'on peut atteindre d'une autre manière, peut-être un peu plus difficile, mais en tous cas bien plus inoffensive.

En prenant à cœur ces conseils, en faisant attention à ces différents points importants de la toilette d'exposition du griffon à poil dur, le succès pour l'exposant ne se fera pas attendre. En soignant méticuleusement le poil, un chien à bon poil n'en deviendra pas plus mauvais ; un autre, par contre, qui par suite du mauvais état de sa robe n'aurait quitté le ring qu'avec une M. T. H pourra peut-être faire valoir ses droits à une meilleure place si sa condition est améliorée. En forte concurrence, une toilette parfaite décide souvent, et plus d'un vainqueur doit ses lauriers aux soins raffinés auxquels on a soumis son poil : on serait inexcusable de ne pas mettre cet atout dans le jeu du bon chien, et aucun de nous ne voudrait passer pour négligent.

BARON DE GINGINS.
président du G. C. I.

Les Débuts des Griffons aux Expositions

La première exposition canine a eu lieu, en France, en 1863. Voici quelques extraits des comptes rendus de l'époque :

Les griffons d'arrêt en 1863. — Parmi les griffons, nous avons remarqué quelques sujets de race très pure, et l'un d'eux a même été porté en concurrence avec les setters de M. Paul Caillard pour le prix d'honneur.

P.-A. Pichot.

Les griffons d'arrêt ont attiré l'attention générale; leur haute réputation, principalement pour le marais, fait regretter qu'ils soient si rares, et les nombreuses demandes qui en ont été faites à l'exposition même par des étrangers, nous font espérer qu'on les recherchera et qu'on les multipliera, en conservant le type dans toute sa pureté. Le premier prix, Minos à M. Gasnier, le seul sujet à poil rude, a paru un type particulièrement précieux, parce qu'il est également propre à la chasse au marais et en plaine, notamment dans les pays épineux, et qu'il joint à ces avantages une constitution robuste.

Comte d'Orglandes.

Les Vaudois qui habitaient le versant piémontais des Alpes, étaient autrefois connus sous le nom de " Barbets ", et les montagnards du versant dauphinois sous celui de " Griffons ". Par une singulière coïncidence, ce dernier nom a été appliqué à une espèce de chiens, voisine des barbets, probablement parce qu'ils venaient originairement du pays des " Griffons de montagne ". Selincourt nous apprend, en effet, que les meilleurs chiens griffons venaient d Italie. Ce nom, donné aujourd'hui à tous les chiens dont le poil est long, rude et droit, s'appliquait déjà au temps d'Henri IV à des chiens d'arrêt. D'Arcussia a fait l'éloge des griffons pour la chasse aux perdrix. Les griffons d'arrêt sont encore très prisés aujourd'hui et l'exposition en a fait voir de très beaux spécimens. Robustes, épais, d'une physionomie rude et sauvage, ils ont le poil fauve ou mélangé de gris, de noir et de blanc sale. Ils sont très courageux, mais difficiles à dresser, surtout au rapport. " Les griffons chassent le nez haut, arrêtent tout, et chassent aussi le nez bas et suivent le pied " (Selincourt).

Baron de Noirmont.

Il y avait en 1863, 11 griffons exposés dont 3 femelles 10 furent récompensés : 1er prix, 100 francs, Minos à M. Gasnier ; 2e prix, 75 francs, Broussaille à M. Masson ; 3e prix, 50 francs, Marius au baron de Brimont. Médaille argent, Lamiche à M. Milleret d'Omirecourt ; médaille bronze, Sultan à M. Bordeaux ; M. H. Carlo à M. Béjard

Au catalogue de l'exposition de 1863, nons trouvons cette phrase en tête de la partie du programme relative aux chiens d'arrêt à poil long et à poil dur : " Les griffons à poil dur de couleur *lie de vin* ont acquis une juste célébrité. Le Bouffe a le pelage plus laineux et long, formant sur les épaules un épi caractéristique. Les griffons à poil soyeux sont des espèces analogues et parmi les différentes variétés, les griffons des Dunes de Boulogne sont justement réputés ".

Paul Mégnin.

Le Club Français du Griffon à poil dur

Le C. F. G. P. D. est actuellement en pleine prospérité : il compte plus de 150 adhérents, organise chaque année une exposition spéciale au cours de l'une de nos grandes exposition de province ; il donne chaque année deux épreuves sur le terrain, l'une au printemps divisée en deux concours, l'un pour puppies l'autre pour adultes, une deuxième épreuve se dispute à l'automne dans la première quinzaine qui suit l'ouverture de la chasse, la « Poule Korthals » ainsi nommée du nom du régénérateur de la race, cette épreuve se court sur un règlement particulier avec tir du gibier devant les chiens, et n'est ouverte qu'aux chiens d'un certain âge, c'est — on peut le voir par le règlement que nous donnons d'autre part — une « Poule de Produits » semblable aux « poules hippiques » qui se disputent à Longchamps, à Chantilly, ou à Maison-Laffitte.

Mais le Club à ses débuts connut des moments difficiles, et il fallut toute l'énergie et la tenacité de son président fondateur — qui est actuellement encore le président en fonctions — M. Ch. Prudhommeaux, pour triompher des multiples obstacles qui furent comme à plaisir semés sur sa route.

Il eut d'abord à lutter contre l'antagonisme de la réunion des Amateurs de chiens d'arrêt français, antagonisme se répercutant sur la Société Centrale pour l'Amélioration des races canines en France qui tout d'abord refusa au C. F. G. P. D. l'affiliation.

A cette époque, il faut le dire, les chiens d'arrêt continentaux étaient en pleine décadence, et les dirigeants du sport canin, ne pouvaient admettre comme chiens d'arrêt que les races anglaises, mises en relief par les clubs spéciaux qui venaient d'être fondés et qui étaient les seuls existants pour les chiens d'arrêt.

Il semblait que la création d'un club destiné à mettre en valeur ; une race continentale de chiens d'arrêt allait porter ombrage à la Réunion des Amateurs de chiens d'arrêt français, quand cette création ne devait que stimuler la Réunion. On vit même — fait bien curieux et qui n'est pas une des plus belles pages de la R. A. C. A. F. — l'assemblée générale de cette Réunion décider l'inutilité d'un club spécial consacré au Griffon à poil dur. Depuis cette époque, du reste, jamais le prix de la R. A. C. A. F. dans les expositions n'a été attribué à des griffons qui n'ont jamais été appelés à concourir pour ce prix. Depuis les idées des dirigeants de la R. A. C. A. F. ont changé non pas peut-être vis-à-vis des griffons mais vis-à-vis des autres variétés de chiens d'arrêt, car des clubs se sont fondés avec son assentiment. Le Club Français de l'Epagneul, le Club du Braque Dupuy, le Club du braque d'Auvergne, le Club Gaston Phebus (Braque de l'Ariège) et un jour viendra où toutes les variétés de chiens d'arrêt français auront leur club spécial, et alors la R. A. C. A. F. ne sera plus que la Réunion des clubs spéciaux.

A peine fondé, le C. F. G. P. D. organisa une épreuve sur le terrain qui réunit *dix-neuf* engagements alors que la même année, l'épreuve de la R. A. C. A. F. était annulée faute d'engagements. Ce fait seul démontra l'utilité du club qui venait d'être fondé.

Le C. F. G. P. D. ne recula devant aucun obstacle, et Dieu sait si on lui en suscita de nombreux ; il ne fit que prospérer, malgré l'opposition de certaines personnalités qui voyaient d'un mauvais œil les griffons d'arrêt à poil dur marcher toujours de l'avant et se couvrir de lauriers dans les épreuves. Il n'était pas facile de démontrer aux amateurs que ces chiens continentaux étaient des chiens de chasse autant que les anglais ; il le prouvèrent lorsque mis en présence des chiens anglais ils les vainquirent dans plusieurs rencontres.

— Quand M. Prudhommeaux prit l'initiative de fonder le Club du Griffon il savait les difficultés qu'il allait rencontrer pour arriver à obtenir un revirement en faveur des chiens continentaux et particulièrement des griffons déjà presque aussi délaissés que les autres au profit des races anglaises, les seules en vogue, qui devaient leur notoriété à la prédilection des dirigeantes de sport canin et surtout à l'activité et au dévouement des Comités de leurs clubs spéciaux, les seules existants alors.

La Réunion des Amateurs de Chiens d'arrêt français, qui est comme son nom l'indique une Réunion d'un certain nombre de propriétaires dans les 13 ou 15 races continentales constituant le groupe, dont toute la manifestation canine consistait alors à répondre à une convocation annuelle où, après avoir écouté le rapport du trésorier sur l'état de la caisse et s'être voté des médailles pour les Expositions à venir, se séparaient en se donnant rendez-vous pour l'année suivante, semblait être une sorte de syndicat, se déclara nettement l'antagoniste de M. Prudhommeaux. Celui-ci avait cru bien faire en l'informant de son intention de créer un club ; l'assemblée générale de la Réunion décréta de l'inutilité de la création d'un club du griffon à poil dur puisque la Réunion s'occupait de l'amélioration de toutes les races continentales au nombre desquelles étaient les griffons à poil dur.

M. Prudhommeaux riposta en déclarant la création du club. C'est alors qu'il lui fallut une volonté et un esprit de suite inébranlable pour se jouer des obstacles qui lui étaient semés à plaisir et dont un des plus dangereux fut le refus fait au club à sa demande d'affiliation à la Société Centrale. Ce rejet, s'il eût été tambouriné, pouvait dans l'esprit de beaucoup être considéré comme une mise à l'index, en quelque sorte une disqualification dont bien des faibles pouvaient appréhender des représailles. Le motif était l'inutilité d'un club venant faire double emploi pour une race de chien !... Le printemps suivant le Club Français donnait ses premières épreuves sur le terrain à huit jours de date de celle de la Réunion laquelle était obligée de s'abstenir, faute d'engagements !... tandis que le Club qui n'avait pas encore un an réunissait dix-neuf engagements de griffons, c'était la confirmation du Club Français.

Le mois suivant les juges des continentaux à l'exposition de Paris éliminèrent dès son entrée dans le ring un griffon, lequel vingt jours après à Bruxelles, présenté à l'examen de M. le Baron Coppens qui fut le collaborateur de Korthals pour établir les points de la race, remportait tous les premiers prix, prix d'honneur et spéciaux sur 35 concurrents.

Le succès du C. F. G. P. D. fût que d'autres clubs se sont constitués et l'émulation des amateurs aidant les chiens continentaux commencent à se remettre.

R. GAILLARD.

RÉGLEMENT

pour l'enregistrement au G. S. B. d'affixes de naisseur.

---

§ 1. A partir du 1er Janvier 1911 le Livre d'Origines du Griffon-Club (G. S. B.) enregistre pour Griffons à poil dur des " **affixes et préfixes de naisseur** ". Les affixes dits " **de propriétaire** " sont exclus.

§ 2. La demande d'enregistrement d'un affixe doit être adressée au Secrétariat du Griffon-Club sur le formulaire spécial tenu gratuitement par celui-ci à la disposition des intéressés et accompagnée du droit d'enregistrement de 3 fr. 75 (3 Marks) payé une fois pour toutes. La publication a lieu dans les organes du Club : A défaut d'opposition motivée dans le délai d'un mois, l'affixe sera considéré comme protégé en faveur du demandeur, après que celui-ci en aura été avisé par écrit par le Secrétariat du Club. Il ne doit être fait usage de l'affixe qu'une fois l'enregistrement effectué et seulement pour des chiens nés chez le titulaire de celui-ci. Un affixe enregistré au G. S. B. est considéré comme protégé de droit en faveur du titulaire, pour ce qui concerne l'inscription de **Griffons à poil dur** auprès des livres d'origines généraux en reconnaissance réciproque avec le G. S. B. (L. O. F., L. O. S. H., N. H. S. B., D. H. St. B,, Oe. H. St. B., Schw. H. St. B.).

§ 3. L'affixe est protégé à vie, ne peut être modifié et n'est pas transmissible. A la suite du décès du titulaire l'affixe est considéré comme éteint et ne peut être repris par un tiers. Il est interdit à une seule et même personne de faire enregistrer plus d'un affixe: Exception est faite pour le cas où deux ou plusieurs naisseurs s'associeraient pour pratiquer l'élevage en commun. La raison sociale ainsi formée ne devra pas faire usage de l'affixe que pourrait déjà posséder individuellement l'un ou l'autre des associés, mais elle devra demander l'enregistrement d'un affixe collectif ad-hoc, qui sera seul applicable tant que durera l'association et s'éteindra lors de la dissolution de celle-ci, chacun des ayants-droit devant dès lors reprendre l'affixe individuel qu'il possédait antérieurement à l'association.

§ 4. En donnant le signalement d'un chien il est interdit de laisser de côté ou de modifier l' " affixe de naisseur " ni d'y adjoindre un affixe dit " de propriétaire ". **Toute contravention est assimiliable à une fausse déclaration.**

§ 5. Un affixe déjà enregistré dans un livre d'origines reconnu d'Allemagne ou de l'étranger est considéré comme protégé à titre équivalent pour ce qui concerne l'inscription **de Griffons à poil dur** au G. S. B. est conservé pour celle-ci sans changement possible. La preuve du droit de propriété à l'affixe doit être jointe à la première demande d'inscription au G. S. B. Si par surcroit un tel affixe doit également être enregistré par le Griffon-Club et figurer au G. S. B. dans le répertoire ad-hoc, une finance de transcription de 1.25 fr. (1 Mark) doit être une fois pour toute versée au Secrétariat.

§ 6. Pour les demandes d'inscription au G. S. B. il n'est pas tenu compte d'un " affixe de naisseur " **non-enregistré**, non plus que d'un affixe dit " de propriétaire ". Si le demandeur refuse de faire enregistrer au G. S. B. l'affixe " de naisseur " ou ne peut établir que celui-ci l'est déjà dans un livre d'origines reconnu d'Allemagne ou de l'étranger — en sorte qu'il puisse être adjoint comme surnom distinctif au nom du chien en cause — ce dernier devra pour l'inscription recevoir un nom ne figurant pas encore au

G. S. B. (voir § 3 du " Réglement général pour les inscriptions au G. S. B ").

§ 7. La commission du Livre d'Origines du Griffon-Club est en droit de refuser l'enregistrement de tout affixe impropre, en particulier les noms de famille, de grandes villes ou de pays, les chiffres et les lettres de l'alphabet, ainsi que les affixes trop longs composés de plusieurs mots, Le répertoire des affixes enregistrés est tenu sous sa direction par le Secrétariat et reproduit au G. S. B.

RÉGLEMENT

pour l'inscription au G. S. B. de portées entières.

---

§ 1. A partir du 1er Janvier 1911 le Livre d'Origines du Griffon-Club (G. S. B.) accepte l'inscription **de portées entières contre finance globale.**

§ 2. Seul le naisseur justifiant d'un affixe **enregistré** est en droit de faire usage de l'inscription dite **" en portée "**. L'inscription doit être effectuée avant l'âge de trois mois. Il est indispensable que les père et mère soient déjà inscrits au G. S. B., la mère sous le nom du demandeur. (Voir § 11 des " Règles générales pour les expositions reconnues par le Kartell ").

§ 3. La finance globale pour l'inscription de **toute** une portée (**quel que soit le nombre des chiots la composant**) est fixée à 6.25 fr. (5 Marks) pour les membres des quatre clubs fédérés (G. C., G. C. sud allemand, G. C. B. et C. F. G. P. D.). Elle est de 12.50 fr. (10 Marks) pour les naisseurs ne faisant partie d'aucun de ces clubs.

§ 4. Un formulaire spécial, tenu gratuitement par le Secrétariat à la disposition des intéressés, doit être rempli pour chaque chiot séparément : Le nom de celui-ci, l'affixe du naisseur, la date de naissance, la robe, les marques distinctives, etc. doivent être renseignés exactement Pour tout chiot déjà cédé le nom du nouveau propriétaire doit être indiqué. Il est recommandé de choisir pour tous les représentants d'une portée des noms commençant par la même initiale, afin que ceux-ci demeurent groupés dans le G. S. B. Pour chaque chiot le Secrétariat délivre immédiatement une carte-certificat séparée. Une fois les inscriptions clôturées pour le volume en cours, il est attribué à chaque chiot son numéro propre, exactement comme lorsqu'il s'agit d'inscriptions individuelles.

§ 5. Lorsque le naisseur cède un chiot déjà inscrit " en portée " au G. S. B., il doit percevoir de l'acquéreur une finance de " changement de propriétaire ", réduite à 1.25 fr. (1 Mark) au lieu de 2.50, et transmettre celle-ci **immédiatement** au Secrétariat avec notification du changement de propriétaire et l'adresse de ce dernier.

§ 6. La suppression de l'affixe " de naisseur " l'adjonction de l'affixe de propriétaires ultérieurs (affixe dit " de propriétaire "), de même que toute modification du nom sous lequel un chiot est inscrit, sont interdites : **Toute contravention est assimilable à une fausse déclaration.**

§ 7. Nulle demande d'inscription ne peut être prise en considération, si elle n'est accompagnée du montant de la finance. La Commission du Livre d'Origines a le droit de refuser des demandes d'inscription sans en indiquer le motif.

Toute demande d'inscription, **qu'elle que soit sa provenance,** doit être adressée **exclusivement à M. R. Winkler, Secrétariat du Griffon-Club, Gimbsheim (Hesse-Rhénane),** qui tient gratuitement à la disposition des intéressés tous formulaires et renseignements.

— Depuis le 1er Janvier 1911, les inscriptions au G. S. B. provenant d'amateurs non membres de l'un des quatres clubs fédérés sont portées à 10 francs.

— Depuis le 1er Juillet 1911, les membres du C. F. G. P. D. font passer les inscriptions pour le G. S. B. par le secrétariat du club français ; elles sont transmises par ses soins au Griffon Club International ; cela évite la correspondance toujours onéreuse avec l'Allemagne.

Principaux Chenils de Griffons à poil dur.

FRANCE

ARLAUD, notaire, St-Paul-Trois-Châteaux.

Lices : Fougère de Merlimont, Ketty de St-Paul.

BLANCHET, Trantzault (Indre).

BORDEREAU, R. du Maréchal Vaillant, Nogent-sur-Marne (Seine).

BOURDETTE, Domaine de Perrier pas Assas (Hérault).

BOUTERRE, 26, Boulevard Carnot, Deville-les-Rouen.

BRUN, 1. Cours Gambetta, Lyon.

Chenil de Marcollin. — Lices : Rita de Marcollin G. S. B. 3002 (Crack de Louze. Olga) ; Ironie de Marcollin G. S. B. 3521 (Général Boum. Rita de Marcollin).
Etalons : Ito de Marcollin G. S. B. 3381 (Délateur d'Amiens. Ninon de Marcollin) ; Idem de Marcollin G. S. B. 3368 (Général Boum. Rita de Marcollin).

CARRY, 137, Boulevard Pereire, Paris.

CUVELIER Eug., Merlimon, par St-Josse-sur-Mer (Pas-de-Calais).

Etalon : Ch. Crack de Merlimont.
Lice : Bella-Villeroux.

Dr DESJEUX, Argent-sur-Sauldre (Cher).

Chenil d'Argent. — Etalon : Boy de Vic G. S. B. 3319.
Lice : Rigolette de Merlimont (par Ch. Crack de M. hors de Gavotte de M.).

DEVILLERS, Morcerf (Seine-et-Marne).

G. HENNION, Rue de la Gare, Vittel (Vosges).

Chenil de Ferjus. — Lice : Gyp de Bruyères G. S. B. 3822 par Galopin Urian hors de Ficelle de Merlimont. — M. H. Nancy 1910. 2e p. St-Dié C. O. et 1er prix jeunes. 3e p. C. O. et 1er p. Cl. limitée Strasbourg 1911.

HOSCHEDÉ, Giverny par Vernon (Eure).

Chenil de Giverny — Griffons à poil dur sang Korthals.
Lice : Ida de Giverny G. S. B. 3498.

HUCHEDÉ, Montjean (Mayenne).

P. LAMY, Les Lièrres, St-Cyr-de-Vaudreuil (Eure).

M. de LARQUELAY, Ste-Savine près Troyes (Aube).

Comt LAUGANDAIN, Bellac.

Chenil du Trimard.

LECLERC, Ambérieu en Bugey (Ain).

Chenil de Priay. — Lice : Faustine de Priay G. S. B. 2374

(Faust de Baccara. Sarah de Merlimont) primé en épreuves (puppies) ; nombreux premiers prix en expositions.

Etalon : Pif-Paf de Priay G. S. B, 3124 Pilou de Poitiers. Arlequin-Diane de Poitiers) h. de Faustine de Priay. Plusieurs premiers prix et prix d'honneur en expositions ; âgé de 2 ans.

LONVERT, 11bis, rue de Navarre, Paris.

Etalon : Tom de Montjean.
Lice : Batte de Paris.

LUCE, Rue des Candillons, Cambrai.

MALRIC, Montpellier.

MARSAUX, Château de Bitry, par Attichy (Oise).

Chenil de Vic. — Etalon : Dick de Vic G. S. B. 2483.
Lices : Gentiane de Montjean de Cantelou G. S. B. 2934 ; Harka Urian G. S. B. 3236 ; Ira de Vic G. S. B. 3514.
Tous de pur sang Korthals.

MÉGNIN, 128, rue de Fontenay, Vincennes.

Chenil de l'Eleveur. — Etalon : Jung Rabot 3673 (Rabot 3412, Fredaine 2922).

MICHAUX, 80, rue de la Madeleine, Verneuil-sur-Avre (Eure).

Etalon : Tack de Beuville G. S. B. 4575.

MILLARD Louis, Clesles (Marne).

Etalon : Roméo de Champagne G. S. B. M. T. H. R. C. O. 2e pr. J. Nancy, M. T. H. Paris 1910 par Dick d'Amiens 2482 = Fane d'Amiens 2373. Nombreux premiers prix et prix honneur.

Lice : Caille de la Coole G. S. B. V. 14. 1er pr. Nancy 1908. Par Braco de Beuville = H. Fleurette de l'Aube. Ascendants d'origine célèbre.

MONCHOT, 1, rue Ste-Marguerite, Châlons-sur-Marne.

Chenil des Chalets.

MONROZIER, Vernay-Nivolas (Isère).

Chenil du Vernay.

OLIVIER, 48, Cours de la République, Le Hâvre.

PAPILLON, 27, rue St-Lazare, Paris.

Chenil de Moulignon. — Etalons : Général Boum 2523, Hélios de Moulignon 3103, care de Moulignon 3366, Ivan de Moulignon.

Bon DE LA PAUMELIÈRE, Lavouer par Neuvy en Mauge (M. et L.).

P. PÈLEGRIN, 10ter, rue Mirabeau, à Choisy-le-Roi (Seine).

Chenil d'Argus. — Lice : Ivette de l'Eleveur (G. S. B. 3527, M, Paris 1910, par le Capitaine Fracasse hors de Bella von Osterfeld, lauréats de nombreux prix, fields et expositions.

PIET LATAUDRIE, 172, Avenue de Paris, Niort.

Lice : Fane d'Amiens.

PRUDHOMMEAUX, 4, rue Gaillard, Paris.
Chenil de Ressons. — Etalon : Ch. Loustic de Ressons.

RAYER, Route de Champenoist, Provins.
Etalon : Homère.

SABATIER, 111, Boulevard Beaumarchais, Paris.

ST-MARTIN, 8, rue Emile Zola, Besançon.
Chenil de Rougemont.

TOURNAIRE, 16, rue Stanislas, Paris.

VALENCE DE MARBOT (Bon de), 50, rue des Pères, Paris.
Chenil de la Capelle. — Etalon : Sherlock G. S. B. 9421.
Lice : Miss Maud de Montjean G. S. B. 2680.

VERTHAMON (Bon de), Château de Taupignac par Breuillet (Charente-Inférieure).
Etalon : Gold de Taupignac G. S. B. 3357.

VIEILLARD, Beaurepaire par Criquetot l'Esneval (Seine-Inférieure).
Chenil de Beaurepaire.

WASSE, Fort Manoir par Boves (Somme).
Chenil de Camon. — Etalons : Halo G. S. B. 3094, Ido de Moulignon G. S. B. 3319.

ALLEMAGNE

P. CLAUSIUS, Goddelau, Hesse.

Bon A. DE GINGINS, Unterau bei Nackenheim, Hesse.
Chenil d'Unterau. — Etalons : Capitaine Fracasse 1916, Robert Macaire 1941, Va Tout 3168, Balzac 3033, Chicot 3058, Le Mikado 3115.

KANTZ, Bingenheim bei Friedberg.

NEUHIFFER, Forsthaus Osterfeld bei Battenberg.

STERZER, Elvirastrasse 4/III, Munich.

WINCKLER, Gimbsheim, Rhein-Hessen.
Etalon : Rabot.

BELGIQUE

MANDART, Esemael.
Chenil du Mandarin.

MERTENS Arthur, Grande Place, Beaumont.
Chenil de Beaumont. — Etalon : Tack de Beaumont 2748.

MOMMAERTS Ch., Place du Centre, Charleroi.
Chenil Carolo. — Etalon : Tock R. S. H. 2786.

VAN TONGELEN-TUTS, rue de Beffer, Malines.
Etalon : Dixi du Mandarin (G. S. B. Vol XV), par le capitaine Fracasse G. S. B. 1916 hors Pierrette du Mandarin G. S. B. 3285.
Lices : Roxane de Beffer (G. S. B. 3365). Même origine que

Dixi ; Flora de Beffer (G. S. B. 3479) par Piff d'Ohain (G. S. B. 2818) hors Mirette de Beaumont (G. S. B. 3268) ; Monna de Beffer (G. S. B. 3352). Même origine que Flora.

HOLLANDE

G. C. W. F., Obreen Elst, Gelderland.
Chenil St-Roch.
LELIMAN, Appeldoorn.

ITALIE

ENRICO DALL' ORSO, Genova.
H. DAPPLES, Genova.
L. FALCONE, Genova.
A. GALLIANO, Genova.
F. REZZA, Sesti Ponente.
G. PETTENAZI, Cremona.
C. VISETTI, Naples.

Montbéliard. — Sté An^me d'Imprimerie Montbéliardaise.

BIBLIOTHÈQUE DE " L'ÉLEVEUR "

OUVRAGES DE M. PIERRE MÉGNIN

Les Races des Chiens (2e édition).
Tome I. *Histoire, origines, classification* . . (en réédition)
— II. *Chiens d'arrêt*. . . . . 5 fr.
— III. *Lévriers et chiens courants* . . . . . (en réédition)
— IV. *Chiens de garde et d'appartement* . . . . 6 »
Le Chien (5e édition). *Elevage, hygiène et médecine.*
Tome I. (5e édition) . . . . 8 »
— II. (4e édition) . . . . 7 »
Les Chenils et leur Hygiène . . . . 4 »
Le Dogue de Bordeaux . . . . 2 »
Élevage, hygiène et maladies du Gibier . . . . 4 »
Le Furet, *élevage, hygiène, maladies* . . . . . 2 »
Le Cheval et ses races . . . . 10 »
Médecine du Cheval (2 vol.) . . . . 12 »
Harnachement et Ferrure . . . . 10 »
Aviculture pratique (2e édition).
Tome I. *Elevage et engraissement* . . . . 5 »
— II. *Les Races de volailles* . . . . 8 »
Palmipèdes domestiques et d'agrément . . . . 3 »
Le lapin et ses races . . . . 5 »
Les Pigeons (nouvelle édition) 3.50
Médecine des Oiseaux (4e édition). Tome I. . . . 6 »
Les oiseaux utiles et nuisibles à l'agriculture . 3 »
Les insectes buveurs de sang . . . . 2 »

OUVRAGES DE M. PAUL MÉGNIN

Notre ami le Chat. Préface de François Coppée. . . 10 »
Nos Chiens, *Races, élevage, maladies* (2e édition) . . 4 »
Le livre d'Or de la santé des Animaux . . . . . 25 »
(avec 8 planches démontables.)
Le poussin à la russe — un plat nouveau 0.30

OUVRAGES DE M. C. CERFON

Basse volerie et Dressage de l'Autour . . . . . 5 »
Chasse sous terre . . . . 5 »
Chasse à courre du Lièvre (2e édition) 2.50

OUVRAGES DE DIVERS AUTEURS

BALLY-MAITRE, *Etude sur la coloration des Pigeons* . . 6 »
R. DOMMANGET, *Dressage de Fram.— Dressage de Turc* . 4 »
Mis DE MAULÉON : *La chasse à courre*. 1.50
Cte E. DE MONTAL : *Nos chasses du Sud-Ouest* . . . . 2 »
Cap. BELLARD : *Questions hippiques* . . . . 4 »
P. A. ROUSSELOT : *Les ennemis de la vigne* . . . . . 1 »
R. FONTAINE : *Elevage des Pigeons d'expositions*. . . . 1 »
VAN DE PUTTE : *Le chien de guerre et de défense* . . . 3.50
VALADON ET MÉGNIN : *Le Hanneton et sa larve* 0.70

Tous les ouvrages sont envoyés franco aux abonnés de l'*Éleveur*.

Montbéliard. — Sté Anme d'Imprimerie Montbéliardaise.

www.ingramcontent.com/pod-product-compliance
Ingram Content Group UK Ltd.
Pitfield, Milton Keynes, MK11 3LW, UK
UKHW020414230726
13925UKWH00004B/1425

9 782013 677745